インド北東部女性作家
アンソロジー

そして
私たちの物語は
世界の物語の
一部となる

ウルワシ・ブタリア
｜編｜

中村 唯
｜日本語版監修｜

国書刊行会

そして私たちの物語は
世界の物語の一部となる

Selected by Urvashi Butalia from
'THE MANY THAT I AM -Writings from Nagaland-', Zubaan Publishers, 2019
'THE INHERITANCE OF WORDS -Writings from Arunachal Pradesh-',
Zubaan Publishers, 2021
'THE KEEPERS OF KNOWLEDGE -Writings from Mizoram-' Zubaan Publishers, 2023
'CRAFTING THE WORD -Writings from Manipur-', Zubaan Publishers, 2019

Published in association with the Sasakawa Peace Foundation
Japanese translasion rights arranged with the Sasakawa Peace Foundation
Cover Photo from 'the objects of everyday work' Aungmakhai Chak 2017

インド北東部のインドの中での位置

凡例

本書に収録した作品は、公益財団法人笹川平和財団の支援により、インド・ズバーン出版社から刊行中のインド北東部女性作家による作品のアンソロジー「THE MANY THAT I AM」（2019）「THE INHERITANCE OF WORDS」（2021）「THE KEEPERS OF KNOWLEDGE」（2023）「CRAFTING THE WORD」（2019）から、ウルワシ・ブタリアが選んだものである。

「CRAFTING THE WORD」はマニプリ語からの英訳、ほかはすべてもともと英語で書かれたものである。

訳注は＊、原注は（　）で示した。

本書は、公益財団法人笹川平和財団の支援を受けたものである。

序　「本土」と「周辺」、「われわれ」と「よそもの」

ウルワシ・ブタリア

　何年も前に、ズバーン出版を立ち上げた（より具体的には、既に存在したカーリー出版の発展形として独立した）とき、私たちは、女性たちの声、特にインド社会で周縁化された女性たちの声に光をあてようと心に決めていた。それはすなわち、よく知られた大都市や町など「都会のインド」を代弁するものでなく、富裕層や特権階級・階層出身ではない女性たち、あるいは、自らの母国語、宗教、アイデンティティー、そして中心ではない、あるいは取るに足らないとされているような場所にいる女性作家たちと仕事をすることを意味していた。私たちにとって「周縁」とは、何か特定なマイノリティの集団や属性を指すのではなく、むしろインドの中で、ある場所は「中心」とされ、それ以外は「周辺」とされる、その在り方そのものにあると思っていた。そこに疑問を投げかけたかったた。

「インド北東部」と呼ばれる地域は八つの州から成る。各州の間には行政の都合で引かれた境界線があり、昔からそうだったように存在している。しかし、その一人ひとりの「シスター」（かつては七州で、「セブン・シスターズ」と呼ばれていた）は本当に多様だ。驚くほどバラエティに富んだ民族、部族、宗教があり、多くの人々は、隣接する（西ベンガル州に位置する）ダージリンやカリンポン、そしてその先の、「主流」のインド（「本土」）や近隣諸国のミャンマーにまで広がっている。このような、内側に非常に複雑で多様な豊かさをもった地域から作家たちを探すことはとにかく刺激的な企てだった。だが、その一方で、気の遠くなるような計画でもあった。（私が住む）「本土」と、インド北東部に象徴される「周辺地域」の関係は、しばしば、搾取的で従属的なものだった。「本土」の人々は、インド北東部を先入観に基づいて紛争地域と決めつけ、そこに棲む人々を見下し、「真のインド」の利益（それは誤って解釈されていることが多い）に常に敵対し脅威となる厄介な人たち、と考えていた。そしてこの差別的な態度によって、次第にインド北東部の人々は、「本土」の人間は自分たちを理解しない「他者（よそ者）」だと捉えるようになったのだ。「本土」から来た私たちは、この地域に足を踏み入れるたび、自らに問いかけざるを得なかった。どうやって、私たち「他者」、明らかに権力を持つ側の「本土」の人間は、この緊迫し、政治的に利用され続けた地域に入ればよいのだろう？　（本土と北東部の間で）あまりにも当たり前になってしまっている搾取のパターンを繰り返さないために、いったい何をすればよいのだろう？

私たちは、パートナーを探すことから始めた。つまり、どの女性たちの作品を出版するべきか、導き、助言をくれ、困ったときはそっと手を添えてくれるかけがえのない友人だ。その過程で私たちは学んだ。「紛争地」と先入観を植えつけられたインド北東部は、実は多くの文化風習や芸能、長年にわたって培われた、異なる音楽の調べの数々、いわゆる昔話、口承伝承から紡ぎだされた数えきれないほどの物語、何かを探しに旅に出ていた者や、自分を取り戻すために帰ってくる者、食料を求めて転々とする人々、隣近所が助け合う慣習など、書ききれないほどたくさんの豊かな物語に満ち溢れていた。私たちはこうしたものに大いに刺激を受け、出版プロジェクトが始まり、仕事、家と移住、食べ物、そして風変わりな歴史についての作品を取り上げた。ナガランド州、マニプール州、アルナチャル・プラデーシュ州、ミゾラム州、アッサム州、他のいくつもの州を旅し、各地で見つけた女性作家の著作やアート作品を一つにまとめて最初のアンソロジーを出版した。新しい本を一冊つくるごとに、さらに十冊分のアイデアが湧き上がってきた。

旅路を歩き始めたばかりの頃、私たちは、新しいパートナーを見つけた。インド北東部の本を共に出版してくれた笹川平和財団だ。笹川平和財団からの支援は、私たちのインド北東部での出版活動をもう一歩前に進めてくれた。インド北東部の女性作家たちを各地から集めてワークショップを行い、ときには出版した書籍を手に携えインド全土を回り、主要な文芸フェスティバルや文化イベントに参加し、インド北東部に関する理解を深める活動を行った。ほどなくして、彼女たちの作品は、北東部はもとよりインド各地で広く読まれるようになった。今日のインドでは、インド北東部の女性作家の作品はもはや「見えない存在」ではない、と、自信を持って言える。

今、あなたが手にしているこの本は、インド北東部の作家、学者、ズバーン、そして笹川平和財団のパートナーシップから生まれた成果のひとつだ。笹川平和財団は、この本を、歴史的にも文化的にもインド北東部との親和性が高い日本の読者へ届ける決断をしてくれた。この本に収められた作品は、ユニークさという点でインドでも最も傑出しているこの地域を日本の読者に紹介するために、これまでに手がけた本の中から選び出したものだ。

私たちは、このパートナーシップがもたらしてくれた機会をこの上なく嬉しく思う。それでも、これはほんの始まりでしかない。この地域からより多くの優れた作品を、より広い世界に出したいと考えている。インド北東部の若い人々、作家、起業家、アーティスト、歌手、写真家、料理研究家たちと出会うたび、多様性こそがインドをインドたらしめる「核」となるものなのだということを思い出させてくれる。今後もこの旅路が続き、ズバーンとパートナーの笹川平和財団、そして、インド北東部の私たちの大切な友人たちが一緒にいることを心から願っている。

インド北東部

チベット
シッキム
アルナチャル・プラデーシュ
ブータン
アッサム
ナガランド
(州都コヒマ)
メガラヤ
ミャンマー
マニプール
(州都インパール)
バングラデシュ
トリプラ
ミゾラム
インド
コルカタ

知られざるインド北東部の素顔

木村真希子

インドの地図をご覧になった方は、逆三角形の南アジア亜大陸の中で、北東に不自然に突き出た地域に目を引かれた人も多いのではないだろうか。ブータンとチベット、ミャンマー、そしてバングラデシュに囲まれたこの地域は、アッサム州を中心に七つの州があり、セブン・シスターズと呼ばれてきた（二〇〇〇年代よりシッキム州が加わり、現在の北東部は公式に八州である）。

北東部は南アジアと東南アジアの出会うところともいわれ、タイやミャンマー、ベトナムなどの山岳民族と非常に似た文化を持つ人々の住む山岳地と、隣接するベンガル州とつながりのある平野部のアッサム人が出会い、互いの文化を維持しつつも交流や通婚を重ねて独自の文化を育んできた地域である。植民地時代には茶園の労働者として他州の先住民族やネパール人が移住し、また隣接するベンガル地域から多くのムスリム農民が開拓民としてやってきた。こうした歴史的経緯から、インドの中でも文字通りモザイクのように多様な民族が共存する地域となった。

文化的な多様性と並んで、自然の地理的な豊かさにも恵まれている。北東部の中心を占めるアッサム州には大河ブラフマプトラ川が流れ、流域には川を生活の資源とする人のつながりが生まれた。対して周辺地域は山岳地に囲まれており、焼き畑や狩猟採集を中心とした独自の生計と文化がはぐくまれてきた。大河を中心とした平野部と山岳地帯のコントラストが北東部の魅力の一つである。

インドを訪れたことのある人でも、近年まで北東部に足を運んだ人は多くなかった。それもそのはず、一九九〇年代後半までこの地域は武装紛争対策として、外国人の入域が厳しく制限されていた。ナガランド州やマニプール州、アルナチャル・プラデーシュ州など、紛争や対中関係で緊張していた地域に単独の旅行者が入れるようになったのは二〇一一年以降のことである。近年ではアジア・ハイウェイによって東南アジアや中国と陸路でつながるという計画で注目されており、年々地域を訪問する外国人の数も増えている。

一九四〇年代から山岳民族による独立運動が起きている北東部の歴史は複雑で、外国人はもとより、インドの他地域の人びとへの理解もあまり広がっていない。その中で、本書のように北東部の女性作家の小説を紹介する試みは非常に貴重である。本書で取り上げられるテーマは、戦争や紛争にまつわるものも多いが、同様に家父長制やドメスティック・バイオレンスを扱ったものも多い。北東部の多くのコミュニティは女性が経済活動に参加するため、インドの他地域と比べると自立性が高く、行動範囲も広い。その反面、家父長制は厳格であり、さまざまな形の差別や暴力が存在することも事実である。本書では女性作家ならではの内部の視点からこうした問題が描かれていて興味深い。そのほか、都市化や若者のインド大都市への移住など、北東部社会の現代的な変化も垣間見える。本書をきっかけに、ぜひインド北東部の魅力が日本で広まることを願っている。

本稿は二〇一九年山形ドキュメンタリー映画祭における「春の気配、火薬の匂い　インド北東部より」特集のパンフレットに寄稿した文章を加筆修正したものである。

そして私たちの物語は　世界の物語の一部となる

目次

目次

装丁　アルビレオ　草苅睦子
写真　'the objects of everyday work' Aungmakhai Chak 2017 より

ナガランド州からの文学作品

ナガランド州からの文学作品について

アヌングラ・ゾー・ロングクメールが、ズバーン社と笹川平和財団から出版された『私という多くのもの――ナガランドからの文学作品』のために選定、紹介した作品。

ナガランドには多くの語られるべき物語がある。しかし、ナガランドにいる多種多様な民族は置かれている状況も様々で、人々は多くの困難や負の感情、闘争、試練に直面している。そのせいで、取るに足らない存在と感じさせられることが多く、自分たちの物語を伝えられない。男社会のナガランドを舞台にした、女性の社会的地位の変化やアイデンティティー、自分自身、所属意識について語る物語。それらすべての物語を結びつけているのが『私という多くのもの――ナガランド州からの文学作品』だ。

エミセンラ・ジャミールの「丘に家が生えるところ」は、作者が幼少期に家族としばらく暮らしたコヒマの家の記憶に基づいている。この物語は、彼女が〝もはや故郷とは呼べない場所〟と呼ぶコヒマへの切ない思いから生まれた。彼女のもうひとつの作品「語り部」は、ナガ文化の根幹を成す口承伝承の伝統にインスピレーションを受けたものだ。

イースタリン・キレの「四月の桜」は、アンガミ・ナガ族の若い女性と、村を占領した日本軍の将校との、実際にあったラブストーリーに着想を得ている。言葉の通じないふたりが、身振り手振りで愛を伝え合いながら、戦争が始まるまえに短い結婚生活を送るが、死によってすべてが終わる。

テムスラ・アオは「手紙」のなかで、インド軍とナガ地下勢力の板挟みになった人びとの苦境を描いている。少年たちが強制的にこうした勢力に入れられたという噂話がよくあった。何か重大なことが起こるとそれが村中に知れ渡り、村人たちはその話から地下勢力で若者たちに何が起こっているのかを知った。

ニケヒェニュオ・メフォの「母さんの娘」は、ナガ族の女性が閉ざされたドアの向こうでどれほど静かに苦しんでいるかを描いている。そんな女性たちの物語を語ることによって、彼女たちの苦境についてさらなる議論と言論の道が開かれることを目的としている。

ナガランドでは、家庭内暴力が発生しても、一家の恥とみなされるため、報告されないケースが多い。アヴィニュオ・キレの「赦す力」は、ナガランドで実際に起きた少女レイプ事件を題材にしている。アヴィニュオがこの物語を書こうと思ったのは、この犯罪の報道が偏向していたためだ。報道で注目を集めたのは、娘を襲ったレイプ犯を許すという決断をして賞賛された父親だった。

ナロラ・チャンキジャは父親を偲び、感謝の気持ちで「いけない本」を書いた。父親は彼女が本と読書を好きになれるよう働きかけ、どんなジャンルの文学にも、心を解放して気持ちを高揚させる力があることを彼女に教えた。

『私という多くのもの――ナガランドからの文学作品』の編纂は、わたしの人生のなかで最も謙虚で希望にあふれた経験のひとつだった。すべての物語がわたしに感動を与え、ナガの歴史――伝統と現代、抑圧的な家父長制、社会における偽善と偏見――、そして何よりも、わたしの民族の静かな回復力と、喪失と支配に直面してもなお愛することができる能力において、これまでにも必要とされていた光を実際に投げかけてくれた。

この場をお借りして、ナガ族の女性が自分たちの物語を怖れずに語るための場と媒体を提供してくれたズバーン社と笹川平和財団に、改めて深い感謝の意を表する。

アヌングラ・ゾー・ロングクメール

丘に家が生えるところ

エミセンラ・ジャミール

ここ三十年ずっと、マンヤンは毎朝四時に起きている。台所に行き、大きなアルミのマグカップいっぱいに水を入れ、大昔から使っているかまどの火にかける。湯が沸くのを待つ間に、囲炉裏のそばにかがんでツクデン*に整然と積んである山から薪を取る。それから、母親が四十数年前にやっていたのとそっくり同じやり方で、配置を工夫して囲炉裏に薪をくべると、丸めた古新聞に火をつけ、乾いた薪の下に押し込み、火が移るのを見守る。そうしてから立ち上がり、家族全員分の茶を淹れ、自分の分もカップに注ぐ。その頃には、明るく元気

＊ 囲炉裏の上に設置された棚。アオ・ナガ語のチュンリ方言。

づけるような火が囲炉裏で唸りを上げていて、マンヤンは旧友を迎えるように茶に向き合う。とりわけ好天のこの三月の朝も例外ではなかった。マンヤンはこの時間をじっくり味わった。鳥の声に耳を傾け、昇ってくる朝日の柔らかい光が優しく家を包むのを感じる。そこには自分と、自分の茶と、暁の薄明かりだけがあった。

一杯目の茶を飲み終えると、二杯目を注いで外に出た。家の前には小さな庭があった。せいぜい体操をしたり洗濯物を干したりできる程度の広さだ。区画を分ける有刺鉄線が家を囲み、右の突き当たりにある門まで続いている。

マンヤンの家のすぐ下に、ケヴィが所有する小さな土地があった。ケヴィの家はその左手、左隣に建っていた。マンヤンはよく、ケヴィの妻のアジャが、その小さな土地の中で動き回っているのを見かけた。アジャは、一九七三年に盛り上がった信仰復興のときに覚えた古い歌を楽しげにハミングしながら、香草に水をやったり花を植えたりしていた。

庭の端に立ち、マンヤンはゆったりと腰を伸ばす体操をした。空いた方の手を、傍の鉄の棒に置いた。二本の竹の支柱に渡してあり、妻が洗濯物を干すのに使っている。マンヤンは、日の出を眺めるのがとても好きだった。さまざまな色合いの赤が織りなす鮮やかな朝焼けが空に広がっていく。目を閉じて頭を上げ、温かさが体に、骨に沁みわたるのを感じた。血の中を巡る太陽の熱が感じられ、血の色が濃くなっていくのが想像できた。満ち足りた様子で茶を飲みながら、マンヤンは眼下に広がる風景を眺め渡した。目の前にはコヒマの街の半分が見渡せた。日光が少しずつ這うように範囲を広げて家々のトタン屋根の上に達するのを眺めていたが、ふとその穏やかな顔に影がよぎった。丘に家が生えている、とマンヤンは思った。丘に木々が生い茂っていた頃のことを思い出した。当時はまだ、整然と並んで建てられた小さな政府職員用宿舎と、民間住宅がいくつか、山腹にちらほらあるだけだった。今では、大きなコンクリートの建物がいくつも威圧するように小さな宿舎のそばに立ちはだかり、宿舎の姿を隠している。丘たちがそうしたコンクリートの重みに耐えかねてうめき声を上げるのが聞こえるような気がした。マンヤンは、建物の重みで丘が崩れていく恐ろしいイメージを追い払おうとしながら、茶を飲み終えた。

三杯目の茶を注ごうと家の中に入ると、妻がもう台所にいて自分の茶を注いでいた。温かいマグカップを両手で大事そうに持ち、囲炉裏のそばに腰かけて見たばかりの夢の話を始めた。世の中には話し合うべきもっと重要なことがあるのに、なぜ夢のことなど気にかけるのかとマンヤンは思った。それでも、三十年ずっとそうしてきたように、話を聞いて頷いてやった。

マンヤンは妻の顔を見て、なぜこの女と結婚したのか思い出そうとした。かつては愛していた。少なくとも愛していると自分では思っていた。目の前にいる妻の額には皺が刻まれ、肌の張りもすっかり失われている。頬には不揃いなシミが浮かび、それを〃ファンデーション〃とかいうもので隠そうと無駄な努力をしている。マンヤンは結婚式の日のことを思い返し、そのときの妻の様子を思い出そうとしたが、目に浮かぶのは、白いベールをかぶった妻の老けた顔だけだった。マンヤンは首を振り、見えないハエを追い払い、咳払いをして、妻の話にもっともらしく頷いた。今は夢の中の一場面について話していた。「しかもその魚、一匹だけじゃないのよ！　何百匹もいて、かわいそうに、エラをばたばたさせて、苦しそうに息をしようとしてるの！　いったいどういう意味なのかしら」妻は不思議がって言った。

マンヤンの視線は台所の中をさまよい、テーブルのところで止まった。だいぶガタがきているから近々修理しようと思った。「そうだ」と妻が言うのをマンヤンは上の空で聞いた。「アサンおばさん《オヤ・アサン》に聞いてみよう。あの人の解釈はいつも当たるから」そうだな、と妻に言う自分の声が遠くから聞こえた。

マンヤンは、農村開発局の係長として勤めていた州政府の仕事を少し前に定年退職し、今はあれこれ家まわりの修理をして忙しくしていた。将来のことは努めて考えないようにしていた。将来など、もうほとんど残ってない。人生の盛りはとっくに過ぎ、引退生活という年月が目の前に暗い淵のように待ち受けている。その深淵に足を踏み入れることを考えると身のすくむ思いがした。だが本当に怖いのは、やがて妻も引退生活に入るということだった。

変化があまりに緩慢だったので、彼は不意を突かれたように感じた。自分の妻のことを知らないばかりか、自分がどんな人間になったのかもほとんどわかっていないような気がした。もちろん、どこの夫婦にもあるように、日々の変化について互いに心構えをしておく習慣は身についている。気分の浮き沈み、妻がある決まった口調で話すときの意味、一人の人間の中にはさまざまな面があるのだろうということはわかっていた。だがそこまでだった。それ以上先に進みたくはなかった。妻のことも、自分自身のことも、それ以上理解したくなかった。人は年を重ねるごとに賢くなり、人とうまくやっていけるようになるものだと言われるが、自分はそうではない。ただ静かに家にいて、隠居老人らしく茶を飲んだりテレビを見たりしていたいのだ。妻に死んでほしいというわけではなかった。ただずっと顔を突き合わせているのが嫌なだけだ。退職後の残りの人生ずっと、妻と二人きりで過ごすと考えると、ほとんど言葉にできないほどの恐怖に駆られた。

彼の一番上の娘は、夫とディマプールで暮らし、ブティックを経営していた。一番下の娘はデリーにいて、コールセンターで働いていた。マンヤンはなぜ娘が好きこのんで夜通し知らない人と話すような仕事をするのかいっこうに理解できなかった。誠実な働き者の男と幸せな結婚をして、家にいればいいではないか。彼には子供たちと本当に心が通い合ったという経験がなかった。息子がいなくて残念だと思っていた。息子がいたら、自分の父親がしてくれたように知恵を授けることができたのにと思う。以前は、ケヴィの家の方からケヴィと三人の息子たちが一緒に笑う声が聞こえてくることがあった。ときには、声を荒らげて激しく言い争っているようなこともあったが、それを聞くとなおさら寂しさが増すような気がした。妻のせいではないことはわかっていたが、内心少し妻を恨んだ。もう一度台所を見回すと、大学時代に使っていたマグカップが黒ずんだ壁のフックにかかっているのが目に入った。マンヤンは立ち上がり、居間に行き、テレビをつけて朝のニュースを見た。朝食に使うじゃがいもの皮をむいている妻のことは頭の隅でぼんやりと意識しただけだった。

正午になった。妻はとうに仕事に出かけていて、マンヤンはひとりきりだった。午後になると暑くなったので、テーブルの修理をする気分にはなれなかった。アジャに会えないかと期待して、家の外に出た。見下ろすと、確かに彼女がいて、玄関の脇に植木鉢をきれいに並べていた。

「植木の手入れですか？」彼はアジャに訊いた。

アジャははっとしてこちらを見上げた。「あら、こんにちは！　そこにいらしたのね。いえちょっと、植木鉢をこっちに移動させてたんです。うちの人から聞いてません？」彼女はマンヤンの顔をちらりと見上げ、かがみこんで植木鉢を並べ替えた。それから立ち上がり、額に流れ落ちる汗を袖口で拭いながら言った。「とうとう土地を売ったんですよ」

マンヤンは怪訝そうにアジャを見下ろした。「売ったって、どこの土地を?」

「そこの小さい土地、そこです」彼女は言った。

土で汚れたアジャの指が空き地を指した。そこは、彼がいつかは自分のものになればいいと願っていた土地だった。「でも、どうして?」彼は尋ねた。他にもいくつもの質問が頭の中に湧き上がった。

「まあ、それはほら」アジャは言葉を選ぶように答えた。「コヒマは州都だってこともあって、このごろは誰もかれもどうにかして土地を手に入れようとしているみたいでしょう。どんな小さな区画でも売れるらしいんです。それで、聞いたところでは、アトがもう何年かしたら退職するから、自分の土地が欲しいと言ってるというんでね。アトはケヴィの親しい友だちだし、うちでは息子たちの教育資金が必要だし、ということで、まあ、二人でいろいろ考えて、結局アトに土地を売ることにしたんです」

マンヤンは自分の中でさまざまな感情が渦巻くのを感じた。最後にその中から一つを摑み、それにしがみついた。不愉快だ。不愉快きわまりない。私は親しい友だちじゃないっていうのか? なぜだ! ずっと、その土地を自分に売ってくれと、彼らに頼み込んで、せがんでいたといってもよかった。みんなで集まってピカチャ*を飲んだ晩にもいつも、売ってくれ、売ってくれとせっついていた。需要が増えて地価が高騰していたし、退職するまでには小さくても自分の土地を所有してそこに落ち着きたいと思っていた。だが、売ってもらえる望みはほとんどないようだったので、最後には締めて、気が進まないながらも代わりにディマプールに土地を買ったのだった。その土地の方が広くて価格も多少安かったが、割安に手に入ったことに満足は感じなかった。彼の心はコヒマにあった。今になってそんな話を聞かされたら、いろいろな感情が渦巻くのは当然だと思った。

マンヤンが不満に思っていることを察したアジャは彼をなだめようとした。「そうするしかなかったんです。ずっと売る気はなかったんですけどね、でもほら、うちは子供三人、よその学校に行ってるものだから。わかるでしょう」

マンヤンは無理して笑顔をつくろうとした。「それはそうだ、わかりますよ。ナガランドの外で子供を教育するのは大変ですから」それから、はっとしたような表情を装って言った。「おっと、いけない！　すっかり忘れていた、牛乳を火にかけたままだった！」急いで家の中に入り、玄関のドアを閉めた。急に入った室内の暗さに目が慣れるまで、目の前で泳ぐ明るい光を消そうと何度もまばたきをした。

しばらくそこに、両手の拳を握ったり開いたりしながら立っていた。何かしたかったが、何をしたいのかわからなかった。家の中をゆっくり歩き回り、部屋の中の物の配置を変えては元に戻した。ふと火にかけた牛乳のことを思い出して台所に駆け込んだが、かまどの上に牛乳はなかった。そうだった。さっきはいても立ってもいられなくなってあの場から立ち去るためにとっさに嘘をついたのだった。あと一分あそこにいたら、怒りを爆発させていただろう。手が震えた。もはや不愉快どころでは済まなかっただろう。抑えつけられていた感情が暴動を起こすのに任せるしかなかっただろう。五年近くの間、あの土地を売ってくれと頼み込んでいたというのに、今になってこれだ！ よくも、ほとんど知りもしない人間に売り払うなんてことができるものだ！ 三年もすれば妻も退職し、そのときはこの公務員宿舎を退去しなければならない。家の中に溜まった何年もの感情が、新しい住人とその住人たちの感情に道を譲ることになる。新しい愛情、新しい憎しみ、新しい絶望がこの家を満たし、古い感情をすべて消し去るだろう。そしてそのとき自分たちはどこにいるのだろう？ はるか遠くの、好きでもなんでもない土地にいるのだ！

コヒマは彼に故郷を思い出させた。故郷の村から州都に移ってきても、風景が似ているおかげでさほど違和感なくなじむことができた。丘を見ると自分が育ったところを思い出したし、緑の木々と涼しい空気が心地よく、故郷にいるような気になれた。故郷の村を愛してはいたが、そこには何の可能性もなく、コヒマには無限の可能性があり、魅力的な広々とした

＊ 紅茶。ナガと総称される諸部族の共通語ナガミーズにアッサム語から引き継がれた語。

新緑の土地が自分を誘っていた。コヒマに移るという決断を後悔したことはなかった。後悔といえば、そう、唯一の後悔は、ここに自分の土地を買えるだけの十分な金を貯めておかなかったことだ。そして今、とうとう手遅れになってしまった。

その晩、マンヤンは眠れなかった。妻は、夫をみて、普段から精気のないようすではあったが、このときは風邪をひいているのではないかと思い、念のため市販の鎮痛解熱剤を渡した。マンヤンは言われるがままにグラス一杯の水で薬を飲み下した。水はきれいでおいしかった。マンヤンはディマプールの水が嫌いだった。あそこは空気だって変なにおいがする。コンクリート臭いし、牛糞臭いし、汗臭い。NDTV*を見て、ソファでごく浅い眠りに落ちた。午前三時にはっと目覚めた。テレビはいつのまにか自分で消していたようだ。体を起こした。すっかり目が冴えていて、もう一度眠れそうにはなかった。四時ちょうどに立ち上がって台所に行って茶を淹れた。

マンヤンはまた、毎日規則正しく同じことをする生活に戻ったように見えた。ただ、前にあったものが今はなくなったようだった。身のこなしが変わったのかもしれないし、口数が少なくなったのかもしれないが、何にせよ何かが欠けているようだった。それに気づいたのはアジャだけだった。その土地の話があってから、少し沈んだ様子ではあった。元々物静かな男だったが、いっそう静かになったようだった。朝早く、花の世話をしていると、マンヤンが例の空き地を恋い焦がれるように見つめているのを見かけるようになった。話しかけて会話に引き込もうとしても、彼はいつもそっけない返事をして家に入ってしまう。アジャはマンヤンの様子が変わったことが心配になってきたが、ケヴィは「女はなんでもないことで大騒ぎする」と言って妻の心配をまともに受け取らなかった。

その土地をじっと見つめる日課がついに止む日が来た。作業員たちが家の基礎を作りにやってきたのだ。マンヤンは人づきあいを完全にやめてしまい、市場《いちば》に行くのもどうしても必要なときに限った。妻は医者にかかるよう何度も勧めたが、彼は血圧のせいで元気が出ないだけだと言って、妻の心配を軽くあしらった。

土地の新しい持ち主となったアトが、たびたびマンヤンの家にやってきてちょっとした頼みごとをするようになった。マンヤンは気持ちよく応じてやろうと努めたが、彼のことを自分の土地を盗んだ人間としか思えず、そんな相手に愛想よくするとすっかり気力を使い果たしてしまった。何カ月か経ち、建物がしだいに形をとりはじめた。建設工事の騒音にマンヤンは苛立ち、たびたび飛び出していってはわけもなく作業員を怒鳴りつけた。そして誰も見ていないときに自分の家からその土地を見下ろしてつばを吐きかけた。彼の機嫌が悪いのに

＊　インドのニュースチャンネル。New Delhi Television

気づいたアトは頼みごとをしに来なくなった。

日が暮れるとマンヤンは外に出て、作業員たちがまださかんに金槌を打っている音に耳を傾けた。こんなふうに建てててはだめだ、と彼は内心思った。建物が上までできあがって彼の家と同じ高さになった。これからは朝、外に出たときに最初に目にするものは灰色の建物だ。もう朝日も夕日も見られない。灰色の建物の無表情の空白が、彼の家に、彼自身に、彼の魂に影を投げかけた。

日が経つにつれて、マンヤンの妻はますます心配になった。ある日、仕事から帰ると夫の姿がなかった。家じゅう探し回り、ようやくトタン屋根の上にいるのを見つけた。夫はそこに座り、にこりともしないで夕日を見ていた。服を洗濯したから屋根の上に広げて乾くのを待っているのだと夫は言った。妻はその話を信じなかったが何も言わなかった。彼女は急いでディマプールに行かなければならなかった。娘が病院にいて出産間近だったのだ。夫に一緒に行ってと頼んでも無駄だろうと思った。夫のことも心配だが、今自分がそばにいてやらないといけないのは娘の方だ。それに、夫にしてみたら何日か一人でいた方が却っていいのかもしれない。マンヤンが屋根から下りてきたときには、妻はもう荷造りを済ませて出かけるばかりだった。娘のお産が始まったと妻が告げたとき、彼は心配した様子も興奮した様子も見せなかった。少し前から妻は、自分の夫はいったいどういう人間なのだろうと思うようになっていた。彼女は夫に、気をつけてねと言い、何かあったら電話してと言った。待たせていた運転手に手早く荷物を渡す妻に、「そうする」とだけ彼は言った。

マンヤンは遠ざかっていく妻の姿が見えなくなるまで見送った。門にかんぬきをかけ、台所から外に出したプラスチックの椅子に座り、作業員が建物を建てていくのを眺めた。下から大きな笑い声が聞こえてきた。アトとケヴィの声だとわかり、両手の拳を固く握りしめた。「泥棒！」彼はつぶやいた。灰色の魂のない建物を見上げ、何度もこう言った。「こんなふうに建ててはだめだ……こんなふうに建ててはだめだ……」

その晩ベッドに横になって、マンヤンは外で背の高い竹が突風に揺さぶられてヒューッと鳴るのを聞いていた。その音に、長いこと忘れていた感覚を呼び覚まされ、その慣れ親しんだ感じに慰められた。ぐっすり眠り、きっかり四時に目を覚ました。いつものように、茶を一杯飲んでから外に出た。朝日は見えず、温かさが体に沁みわたるのも感じなかった。彼の夢の残骸は消えてなくなった。彼は怒りを込めて半分できあがった建物を見上げた。その建物に命を吸い取られるような感じがした。彼は自分の手や腕の皮膚を見てみた。くすんだ灰色に見えた。小さな音が聞こえ、振り向くと開いた門からアトが入ってこようとしていた。

「おはようございます！」アトは彼に挨拶した。

「おはようございます」マンヤンはそっけなく挨拶を返した。〝泥棒！〟と頭の中で言い捨てた。

アトは彼にポリ袋を差し出した。「お土産です」彼は朗らかに言った。袋は血で汚れていた。マンヤンは受け取ろうとしなかった。「どうぞ」アトはなおも言った。「豚肉*を少しお持ちしました。友人が地場の豚を解体するというんで、そちらさんとケヴィにお分けしようと思ってもらってきたんですよ」

マンヤンは無理に笑みをつくり、気乗りしないながらも肉を受け取った。「ありがとうございます。お気遣いいただきまして」

「いいんですよ。隣のよしみというじゃありませんか？」アトはにっこり笑って言った。「では失礼します。家の資材をもっと買ってこないといけないんです。こちらの大工《ミストリーズ》**さんたちが動いてくれないもので。入域許可証《インナーライン・パーミット》***の期限が切れてるから出るのが怖いって言うんですよ」

マンヤンは頷いてもう一度無理に笑みをつくった。「ありがとうございました」やっとの思いでそう言った。アトは背を向けて歩いていった。門まで来たときに、マンヤンが何か言うのが耳に入った。アトの耳には「泥棒！」と言っているように聞こえた。

アトは立ち止まり、それからゆっくりとマンヤンの方に引き返した。相手は考えごとに気をとられて、アトが戻ってきた音が耳に入っていないようだった。彼はそこに立って建物を見上げ、血のついたポリ袋を両手で握りしめて独り言を言っていた。「泥棒の馬鹿者め！　お隣さんだなんてよく言うよ！　何様だと思ってるんだ！　私のものを盗んでおいて！」「泥棒だって？　私が泥棒だっていうのか？」アトは声を大きくして言った。「せっかく仲良くなろうとしたのに、お返しがそれか？」

マンヤンはアトの方を向いてアトの顔を見つめ、それから建物を見やり、そのあとまた虚ろな目をアトに向けた。「そうだ」マンヤンは大きな声で言った。「あんたは薄汚い泥棒だ！　わざとらしい笑顔でずかずか入ってきて、こんなちっぽけな臭い豚肉を寄越して、それでことが丸く収まるとでも思ってるのか？」マンヤンは怒鳴った。

「なんだって！　こっちはこの土地に高い金を払ったんだ！」アトは言った。「あんたの土地じゃないだろう。そもそも一度もあんたの土地だったことはない。あんた、どうかしてるんじゃないのか？」

「私がどうかしてるって？　あんたこそどうかしてるんじゃないのか？　どうしてそうやっ

＊　大半がキリスト教徒であるナガ族の文化では、ヒンドゥー教徒のような食の禁忌はなく、豚肉が日常的に食され、祝祭のごちそうや社交上の贈り物にもなる。
＊＊　石工とも。ナガ族の共通語ナガミーズ。起源はアッサム語ともヒンディー語とも。
＊＊＊　域外のインド国民がナガランド州などの入域制限区域に入る際に取得しなければならない許可証。

て私のものを盗もうとするんだ、薄汚い泥棒め！」

「なんでこっちに突っかかってくるんだ？　この件はケヴィと話し合ってくれ。私には関係のないことだ。あんたの妄想に私を巻き込むのはやめてくれ！」

「ケヴィは関係ない！　この、ろくでなしの泥棒が！」

アトは怒りで身を固くした。「いいかげんにしろ！」と言った。「それ以上何か一言でも言ってみろ、いいか、手が出ても知らないぞ、責任取らないからな！」

「手が出ても知らないぞ、責任取らないからな！」マンヤンはアトの口真似をした。

アトは理屈で話ができない男ではなかったが、ここまでしつこく忍耐力を試されては、もはや限界だった。そこで、あらかじめ宣言したように、大きな拳を上げて相手の左頬を殴った。マンヤンは衝撃でよろめいて後ずさったが、すぐに体勢を立て直した。ポリ袋をぎゅっと握りしめ、それでアトの頭を殴りつけた。アトがふらふらと地面に倒れると、マンヤンはポリ袋をきつく両手に巻きつけ、棍棒を振るように何度も殴りつけた。それがアトの頭にぶつかるタイミングに合わせて「泥棒！　泥棒！　泥棒！」と言った。

今や、マンヤンの両手は豚と人間の血が混じったものにまみれていた。腕を振るのをやめたときには、アトの顔は腫れ上がり、誰だかほとんどわからなくなっていた。マンヤンは横たわった相手の体を見て、それから建物を見た。血を浴びたマンヤンの顔に笑みが広がった。

彼は想像の中の日光が体に沁みわたるのを感じていた。ようやくポリ袋を手放すと、袋を強く巻きつけていた手にくっきり跡がついていた。怒鳴り合う声を聞いた近所の人たちが何事かと動き出し、どこで騒ぎが起こっているのか確かめようとしていた。

マンヤンは立ち上がり、家の門から外に出た。血で汚れた両手をだらりと下ろしていた。やがてアトの遺体が発見されたが、そのしばらく前にマンヤンは近所から姿を消していた。だが警察に通報する必要はなかった。ある若い巡査が、南警察署の前の角に老いた男が座っているのを見つけた。巡査は気がふれたようなその老人のとりとめのない話を聞いてやり、優しく頷きながら、老人の血まみれの両手にさりげなくそっと手錠をかけた。巡査は、暴徒が流血を求めて集まってこないうちに、老人をすばやくゲートの中に入らせようとした。

マンヤンは自分を連れて警察署の中に入る巡査に微笑みかけた。「なあきみ、私がそうしないといけなかった理由がこれでわかっただろう?」彼は言った。「あいつは私の日光を盗んだからだ。そうだ、私の日光を盗んだんだ」

語り部

エミセンラ・ジャミール

　これはずっと昔、前世といってもいいくらい昔、わたしがちょうどおまえさんと同じくらい若かったときの話だ。まだ女の子だった自分の姿が目に浮かぶ。でも、もうその子はわたしじゃないし、わたしはその子じゃない。いや、おまえさんにはわからないだろうよ。その子のことを自分がいつか忘れてしまうだろうと考えると怖くなる。自分が目にしたもの、耳にしたものすべてが葬られ、失われると思うとね。だからおまえさんをここに呼んだんだ。このところしばらく、おまえさんのことを見ていたよ。そろそろ恋のお話をこころ置きなく話して聞かせてもよさそうだね。だから、集中してよくお聞き。おまえさんが聞いたことのない新しいお話をひとつ聞かせよう。記憶の、わたしの記憶、そしてわたしより先にいってしまった人たちの記憶のお話。そしてわたしがいなくなったあと、おまえさんが厳しい冬の間、囲炉裏のそばに座って老いた足腰を暖めるとき、おまえさんは火がぱちぱちと音をたてて自分の若い手を暖めたときのことを思い出すだろう。おまえさんは今日のことを思い出すだろう。記憶がおまえさんの口からお話になって出てくるのをみんなが見守るだろう。

　昔を思い返すと、あの女の子の目から見た世界が見えてくる。世界はあの頃のわたしと同じように若く見える。若いといったって、近頃の子供たちのようなのとは違うよ。昔はものごとがもっと単純だった。自動車なんてほとんど見かけなかったし、携帯電話やコンピューターも、今ではみんなそれなしでは生きていけないみたいだけれど、あの頃は、そんなものが登場するとは夢にも思わなかった。けれど、あの頃はいろいろなことがもっと簡単で、もっとのどかだったね。隣の村から襲撃を受けるなんていうことは、過去の話になっていた。襲撃して首狩りをすることが暮らしの中心にある時代は終わっていた。暮らしの中に静かなリズムがあった。わたしたちは多くは求めなかった。確かにいろいろ変わり始めてはいたけれど、勤めに出る先なんてほんのいくつかしかなかった。わたしたちは女が普通するようなことをして、畑仕事をした。

　ああ、でもそういえば、いとこに一人、看護婦になった子がいたね。その子の母親は、よそのうちではどこでも女の子は家にいて家事手伝いをするんだから同じようにしなさいと言ったのに、娘が言うことを聞かないもんだから、大泣きしてね。まるで昨日のことのように目に浮かぶよ。戸口のそばに立って、娘がツマー*になってしまうと言って、おいおい泣いていた。わたしはおかしくて笑い出しそうだった！　新しい土地に行くとひとりでに目鼻立ちが変わって平地人の顔に変わるのかと思いこんでしまったんだ。そんなふうに思うなんて、その頃のわたしはずいぶん素朴だったね。それから何年か経ってようやく、おばの言っていた本当の意味がわかった。いとこは看護婦の資格を取って帰ってきたが、どことなく前と様子が変わっていた。わたしが想像していたように肌の色が変わったわけじゃなかったけれど、はっきりどこがどうとはいえないけれども何かが違うんだ。いとこが医学の知識を身につけて村の人たちの役に立っているという話を母さんがすると、ときどき少しうらやましくなった。でもそれほどすごいとは思わなかった。だって、わたしが夢見ていたのは看護婦になることじゃなかったからね。わたしがずっとなりたいと思っていたのは、語り部だった。

　わたしが若い頃に夢見ていたなんて聞いたらおまえさんは笑うかもしれないが、本当に心の底からなりたかったんだ。わたしは村のばあちゃん《ウツラ》みたいになりたかった。いつもウツラのことをじっと見て、その口から言葉がいとも簡単にするすると出てくるのをじっと聞いていた。古くさいお話なんていうものはなかった。お話が語られるたびに新しい発見があって、わたしたちは決して聞き飽きることはなかった。というか、ほかの子供たちはつまらないお話だと思ったかもしれないけれど、わたしはそうじゃなかった。いつもみんなで台所の真ん中の囲炉裏を囲んで座ってウツラの語りを聞いた。ウツラが語るお話は尽きることがなかった。ウツラは、ランツンバのお話、ランツンバがどういうふうにサルナロを殺したかを語った。伝説の恋人たち、ジナとエティベンのことを語った。一方的に言い寄ってくる別の男を追い払うためにエティベンが自分の顔を黒くしたくだりでわたしたちは笑った。わたしはそうしたお話の登場人物一人ひとりの人生を生きた。ロンコンラ**が怒り狂った村人たちから逃げようとして糸をつたって上《のぼ》ったとき、わたしもそこにいた。でもロンコンラはどうしようもなかったんだ。下を見ずにはいられなかった、そうだろう？　近頃の人たちは思い出そうとしない。ロンコンラのように落ちてしまったらたまらないと思って振り返ろうとしない。新しい世界、未来に向かって前進する方がいいと思っている。でも、戻りたくなったらどうするの？　そのときに帰るところがなかったらどうするの？　誰が過去を教えてくれるとい

＊　平地に住む人。アオ・ナガ語のチュンリ方言。山地に住むナガ族の人々が隣接する平地部に住む人々を自分たちと区別して呼んできた呼称で、現在ではナガ族以外のあらゆる人々を指して広い意味の〝よそ者〟のニュアンスで使われることもある。

＊＊　アオ・ナガ族の一氏族の起源とされる民話。機織り女ロンコンラは、糸を伝って天に昇る。そのとき神様に下を見るなと言われるが仲間たちのことが気がかりで見てしまい、木に落ちて死ぬ。

うの？

　まあでも、そんな話はいい。ばあさんの頭はあちこち寄り道ばかり。勘弁しておくれ。語るべきことはたくさんあるのに、時間はほんの少ししかない。どこまで話しただろう？　そうそう、語り部の話だった。わたしはウッラにどうしようもなく憧れた。いいや、大した美人というわけじゃなかったよ。でもウッラが言葉を織るやり方は本当に美しかった。わたしはいつも内心、もし自分が言葉をそんなふうに見事に織れたら、美人かどうかなんてどうでもいい、と思っていた。ウッラが語るお話にわたしたちは夢中になった。子供を迎えに来た親たちまで、何しに来たかを忘れて座って静かに聞き入ってしまうこともよくあった。あのとき、時間もいっとき止まって一緒にウッラのお話を聞いていたんじゃないかね。あの頃、お話はとてもはっきりしていた。今ではどれもぼんやりして、なおざりにされている。みんなそういうお話の値打ちがわかっていない。

　ある日、母さんに言われてウッラの家にアングウ・ポンセン*を持って行った。ウッラはうちの五軒先に住んでいて、母さんはよくウッラのところに料理を届けさせていた。ウッラは旦那さんを何年か前になくしてその頃はひとりで暮らしていた。お子さんたちが近くに住んでいたから、ひとりぼっちというわけじゃなかった。あの頃ウッラは今のわたしと同じくらいの歳だったはずだ。よぼよぼで、皺だらけ、わたしみたいに。おかしなものだね！　ある日、おまえさんが年を取って手や顔が皺だらけになった頃、わたしのことを思い出すかもしれない。あはは、まあまあ、そんな心配そうな顔をしなさんな。おまえさんにはまだたっぷり時間がある。まあ、あとしばらくはね。

そういうわけで、わたしは魚料理を持ってウツラの家に行った。見回すとウツラがマチャン＊＊にひとり座って、夢でも見ているみたいに宙を見つめていた。わたしの足音でウツラは我に返ってわたしに笑顔を向けた。「それは何だい？　この匂いは魚？」とウツラは言った。「オジャ＊＊＊が作ったの」とわたしは言って、おずおずと鉢をウツラに手渡した。そう、こう見えて、昔は恥ずかしがりやだったんだよ。あの頃からいろいろなことが変わったもんだ。ウツラは魚は大好きだと言って、ウツラのお父さんが釣りに出かけたときのことを語り始めた。お父さんとお父さんの友だちは釣り糸を垂らしてしばらく待ったが、いくら待っても魚一匹だっていそうな気配がない。すると森の静けさの中で、少し下流の方で釣りをしているらしい男たちの声が聞こえた。それでお父さんと友だちはそこに移動して合流しようと思った。音を頼りに進んだが、その場所に着いたと思うたびに、その場所のもう少し下流から音が聞

＊　魚と筍や山菜を竹筒に入れて蒸した料理。アオ・ナガ語のチュンリ方言。
＊＊　ナガ族の伝統的家屋によくある竹でできたバルコニーのこと。ナガミーズにアッサム語から引き継がれた語。
＊＊＊　母親を指すアオ・ナガ語のチュンリ方言。

こえてくるようだ。何度繰り返しても同じだった。いいかげん腹が立ってきた頃に、ふとお父さんは岩の上に濡れた足跡があるのに気づいた。足跡は音が聞こえてくる方に続いていた。足跡からまだ水が滴り落ちていたから、ついさっきそばを通り過ぎていったばかりだとわかった。でも最初は不思議に思った。足跡の主がまるで後ろ歩きをしていたように見えたからだ。それから背筋がぞっとした。友だちに向かって黙って身ぶりで川辺の大きな岩にできたばかりの足跡を示した。それで二人は、今日は釣っても無駄だと悟った。二人が出遭ったのは、森を守るアオンレムラ*だったんだ。なんともうまく二人を騙して釣りを諦めさせたものだね。こういうお話を迷信だと言って取り合わない人たちもいる。でも、本当にそういうことがあったんだもの、どうして迷信なわけがある？　ウツラからその話を聞いて、わたしは鳥肌が立って一人で家に帰るのが怖くなった。それでも全速力で走って帰り、無事に家に着いた。途中でこの世のものでないものに出会うことはなかった。それからは、家の手伝いが終わるといつも、ウツラの家に駆けつけて、座って昔のお話を聞いた。

それでも、あのアオンレムラの話のことはずっと忘れなかった。どういうわけか、あのとき男たちに釣りを諦めさせたその孤独な生きもののことが頭を離れなくなった。アオンレムラは恐ろしい怪物だと言われていた。運悪くアオンレムラに出遭った者はみなそのあとすぐ死ぬと言われていた。アオンレムラは呪いをかけられてそんな孤独な暮らしをするようになったんだろうか？　人々はよく森の中でアオンレムラの笑い声を聞いた。ほとんどの人は、薪が半分入ったかごをそこに置いたまま逃げて、あとでもう大丈夫だろうと思った頃に取りに戻った。わたしがある日、森で友だちと一緒に薪を集めていたとき、誰かの笑い声が聞こえたことがあった。笑い声というか、鳥の鳴き声みたいな甲高い声だった。友だちはみんな、あれはアオンレムラの声だとひそひそ声でしきりに言って、かごを背負い始めた。わたしはみんなが恐ろしがっているその生きものを見てみたかったけれど、ばかなことはやめなさいと友だちに言われて一緒に帰らされた。

あのとき、古い木たちがアオンレムラに大昔のお話を語っていて、若い木が無邪気に何かおかしなことを言って、それでアオンレムラは笑ったのかもしれない。そうだったらいいのにと思うよ。何世紀も使われていなかったアオンレムラの声は、わたしたちを驚かせ、友だちは怖がって森から逃げてしまった。あのときすぐ帰らずにもっとあの場所にいればよかった。よく想像するんだ、アオンレムラがせせらぎに自分の姿を映して見ながら魚たちの愚痴を聞いてやっているところをね。アオンレムラは髪の毛を分けて自分の顔を見られるように

＊ アオ・ナガ族の人々の間で語り継がれている精霊や妖怪のような存在で、背はひくく、長い髪または毛で覆われた体、後ろ向きについた足、甲高い笑い声、といった特徴を持ち、女性であると考えられている。

するんだろうか？　アオンレムラが人々から離れていって森に抱《いだ》かれてそこを自分の住処《すみか》にしたとき、足は痛んだだろうか？　わたしはアオンレムラに会って、彼女の話を聞きたかった。でもわたしは人からアオンレムラについての話を聞いただけで、彼女から直接聞くことはなかった。もしかしたら、おまえさんはわたしより運に恵まれるかもしれない。

それはそうと、ウツラの話をしていたんだったね。どこまで話しただろう？　そう、それで、ウツラの家を訪ねてから少し経ったある日、家の掃き掃除をしていたとき、男の子がやって来て、ウツラが午後わたしに会いたいそうだと言った。ウツラが人を寄こしてわたしを呼んだことはそれまでなかったから、何の用だろうと思った。一日中落ち着かない気持ちだった。家の手伝いを終えてから、ウツラに会いに行っていいかと母さんに訊いた。男の子が伝言を伝えにきたとき母さんもその場にいたから、母さんはいいよと言った。ウツラはマチャンに座ってパイプをふかしていた。わたしの姿を見ると立ち上がって家の中に入った。ウツラについて台所に入ったけれど、ウツラはまっすぐ自分の部屋に行ってしまった。ついて行っていいのかわからなくて待っていると、ウツラがわたしの名前を呼ぶ声が聞こえた。おそるおそるウツラの部屋に入った。ウツラは寝床に腰掛けていた。とても弱っているように見えたけれど、目は鋭く輝いていた。「なんで呼ばれたんだろうと思ってるだろうね」とウツラは微笑んで言った。わたしは黙って頷いた。「いつだったか、どうやって語り部になったのっておまえに訊かれたことがあったね。覚えているかい？」わたしはまた頷いた。「聞いたんだ」ウツラはそれだけ言った。「おまえと同じようにね。昔のお話を全部聞いて、頭の中と、心の中に全部しまった。お話には何もかも入っている。ちょっと探すだけで見つかる。お話たちの一つひとつとわたしは一緒になって、お話たちはそれからずっと一緒にいてくれた。お話は頭の中に残る、そして心ともつながるんだ」

それからウツラはわたしの両手を取り、わたしの左手を持ち上げて自分の頭に、わたしの右手を自分の胸に置いた。「わたしはもう年寄りで、死ぬときにメユツンバ*様かイエス様に会えるのかどうかもわからないけど、お話の値打ちがわかる子にお話を遺していきたいんだ」そう言いながらウツラはそっと自分の頭の横を触った。「ここ、何が見える？」とウツラは訊いた。わたしは少し怖くなったけれど、何なのか知りたいという気持ちの方が強かった。でも、見えたのは年を取った肌と白髪だけだった。失礼なことを言いたくなかったから、何も見えないと言った。「よく見てごらん、何が見える？」とウツラはもう一度訊いた。こんどは見えた。赤っぽい細い線がウツラの髪の生え際から後頭部まで伸びていた。ぎょっとした。

＊ アオ・ナガ族の伝統的な精霊信仰における死者の国の神。死後の裁きを下すとされる。アオ・ナガ語のチュンリ方言。

「何それ？　痛くないの？　母さんを呼ぼうか？」と訊いた。「ばかなことを言いなさんな」とウツラは答えて、「ただこれを外すのを手伝ってくれればいいんだ」でもウツラが何を外そうとしているのかわからなかった。ひょっとして年のせいでとうとう頭が怪しくなってきたのかと思い始めたとき、ウツラの頭のその線が動くのが見えた。それでぴんと来た。ウツラが何を手伝ってと言っているのか、もうわかっていた。

わたしはウツラの頭の左右、耳のすぐ上あたりをしっかり押さえて持ち上げた。全体がきれいに蓋みたいに外れたけれど、中を覗くのはやめておいた。屠《ほふ》られた動物の内臓を見たことが何度もあったから、自分が中を見たくないことはよくわかっていた。ウツラは何食わぬ顔で両手を頭の中に入れて、何か取り出した。血まみれだったらどうしようと思ったけれど、全然違って真っ黒だった。それどころか、しばらく囲炉裏のそばに置いておいて燻《いぶ》したみたいな黒だった。それは、これほどのものはなかなかないと思うほどの見事な壺だった。小さくて、均整の取れた形をしていて。その壺にわたしはすっかり見とれて、いっとき今自分が立ち会っていた信じられない光景のことを全部忘れるほどだった。

ようやく壺から目を上げると、ウツラはすっかりいつもどおりで、もう頭に線はなかった。「これをおまえに」とウツラは言った。「これには、どんな富よりもはるかに値打ちのある宝物が入っている。これをわたしは死ぬ前におまえに渡したい。子供たちはわたしを大事にしてくれているけど、あの子たちはお話のことにはあまり興味がないんだ。あの子たちはそうすればわたしが喜ぶと思って聞くだけ。でもおまえは違う。おまえはお話がどれほどかけがえのないものかわかっている。だから、昔わたしの時代の語り部から手渡されたものを、今おまえに手渡すよ」そう言ってウツラはその壺をわたしの頭の中に入れた。わたしは特に何も感じず、次の日の朝、起きたとき、あれはただの夢だったんだと思った。それからウツラのところへ行くと、ウツラはわたしのことを待っていたようだった。わたしはいつものように座って、ウツラが昔々のお話を語るのを聞いた。それから何週間か経ってウツラは死んだ。わたしは大切な人を失って深い悲しみに沈んだ。

わたしはすぐに語り部になったわけじゃない。お話の壺は醸《かも》すのに時間がかかるんだ。でも、ゆっくりとだけれど着実に、自分の声を見つけていった。言っただろう、子供の頃は恥ずかしがりやだったって。でもお話を語るときは、別の人間になった。わたしはお話を語ることでもっと生き生きした。そう友だちがよく言っていたよ。そういうわけで、それからずっとお話を語り続けている。さて、おまえさんは今日なんで呼ばれたんだろうと思っているだろうね。おお、賢い子だ！　わかっているね。そう、そのときが来たようだ。

インド北東部の日本からみた位置

四月の桜

イースタリン・キレ

一九四四年四月、ナガランドのルソマ村。

日本軍がやってきた。硬い地面に黒い軍靴で砂埃を立てながら、長い隊列を組んで行進してきた。驚いたことに、先頭の男は村人たちに英語とヒンディー語で呼びかけた。それからリーダーの言葉を通訳してこう言った。

「我々に食料と寝起きする場所を提供してくれれば、あなたがたに害は及ばない。我々はあなたがたの友人だ。我々はあなたがたを英国人から解放するために来た。恐れることはない。あなたがたを傷つけることはない」

日本軍はガンブラ*の家に駐留した。広いことも理由だったが、村への進入路がよく見えるからでもあった。村の古老たちは、努めて冷静に彼らを受け入れたが、自分たちによく似た顔立ちだがまったく馴染みのない言語を話す相手に対し、内心は不信感を拭いきれなかった。

　東側のナガ族の村々への侵攻はあまりに突然で、地域一帯がまたたくまに占拠された。日本軍が実際にやってくるしばらく前からその到来が恐れられていた。不安は北のアンガミ族**の村々全域へと広がり、村人はみな、家の外に避難して野宿を始めていた。コヒマ村の人々も逃げ出し、今では小さな農作業用の小屋で寝起きしていた。村が占拠されると、森に入って食べられるものを探し、夜になるのを待って穀物庫から穀物を持ち出すようになった。

　これが日本軍侵攻***の進路上にあったほとんどの村の運命だった。日本軍がやって来る前に、アンガミ族の人々は村から村へ知らせを伝えて回った。「日本人が来る！　日本人が来る！」実際に日本軍がやって来る前に村々の間で多くの噂が飛び交った。「やつらは乱暴で残酷だ！」という言葉が何度も聞かれたし、日本軍が中国の人々に対してしたことについての断片的な話が、村人たちの強い恐怖心をいっそう煽った。

　だがルソマ村の人々は村を去らなかった。日本軍の兵士たちが友好的といえなくもなかったので、住み続けても危ないことはないだろうと考えたのだ。食料を提供するよう言われたら、もてなしを大切にするナガ族の精神をもって与えた。村に滞在している者が食べ物を求めれば断られることはなかった。いずれ敵になるかもしれないから食べ物を与えないという発想はなかった。そういうわけでルソマ村に日本軍が駐留することになった。ガンブラの家を警備する背の低いがっちりした兵士たちと、彼らより背が高く上等な服を来た将校たちだ。村の古老たちは彼らを村に迎えるのを沈む心で待ち受けた。

サニュオも、日本軍が村に入ってくる様子を見ていた若い女たちの一人だった。サニュオはおばと一緒に、古老たちが日本人と話をして村に駐留させる取り決めをしている様子を興味を持って見守っていた。よそ者たちの何人かは痩せて腹をすかせているように見えた。リーダーは身のこなしがきびきびしていて髪が短かった。笑い方が妙な感じだった。決して目まで笑うことはないのだ。ガンブラと話す様子を見ていると、リーダーは自分の言うことに説得力を持たせるためか微笑みを浮かべてみせていたが、それでいてどこまでも、自分の邪魔をする者は誰でも抹殺できる人間に見えた。その男の無情さは、うわべの友好的な態度によって一見和らげられているだけだった。彼がふいにサニュオのいる方を向いたので、サニ

＊　長老の意で、英国統治時代を起源とする終身任期の村のリーダーを指す。ナガミーズにアッサム語から引き継がれた語。

＊＊　ナガと総称される部族の一つがアンガミ族である。

＊＊＊　第二次世界大戦で日本軍が連合軍の補給路を遮断するために英領インドのインパールに侵攻したインパール作戦のこと。ルソマ村はコヒマとディマプールの間に位置している。

ュオは慌てて目を逸《そら》した。彼はサニュオがさっと動いたのに気づいて大きな声で笑った。サニュオは急いで中庭から離れ、じっと見ていたのが自分だとわからないよう、ほかの女たちの中に紛れ込もうとした。あの無情な、無情な目。とても恐ろしい目だった。

将校たちはガンブラの家で寝起きするようになり、数週間のうちにさらに多くの兵士たちが村にやって来た。兵士の数が増えるごとに、村人たちは日本軍の存在が英国軍を刺激するのではないかと心配した。だが、日本軍と日本軍に協力しているインド兵は、長くは留まらないつもりだからと言って村人たちをなだめた。だが当面は、食料と営舎の面で村に助けてもらう必要がある。協力への対価は数週間のうちに支払われる。そう彼らは言った。

村人たちは日本軍を駐留させることについて懸念を表明したものの、本当のところ、その点について村人たちに選択の余地はないようなものだった。彼らが村に入ってくるのを拒否していたら、ガンブラや他の古老たちが死ぬことになっただろう。コヒマでは男たちが弾薬の荷運びをするよう言われて断ったために日本兵に銃殺されたと聞いていた。

「日本軍の邪魔をするでないぞ!」古老たちはみなに言い聞かせた。「兵隊というのは普通の人間とは違う。戦争の味を知った者というのは、むごいことをするものだ。女たちよ、自分の身に害が降りかからぬよう、慎ましく体を隠しなさい。我々にはおまえたちを守ることはできないのだから」女たちは、それがどういう意味なのか、わかりすぎるほどわかっていた。いくつかの村では女たちが日本軍兵士に強姦されていた。そうした話は声を潜めて語られた。恐ろしすぎて考えたくない話だったので、女たちは「どうか、わたしたちの誰もそんな目に遭いませんように」と言って互いに口をつぐんだ。

男たちは日本軍のために強制的に働かされた。避けようにも避けられなかった。いくつかのグループに分かれて毎日駆り出され、進路の次の村まで弾薬を運んだ。広い道はよく英国軍の爆撃機の標的にされていたから、できるだけ狭い道を通るようにした。森の中の狭い小道を重い荷物を持って進むのはきつかったが、その方が危険が少なかった。男たちの中でも年少の者たちは日本軍のために水汲みをした。女たちは毎日、日本軍のために穀物を叩いて脱穀した。ただし兵士たちには近づきすぎないようにしていた。兵士たちは女たちを物憂げに眺めていた。

ある朝、「また兵隊が来るぞ!」と呼びかけて回る声が聞こえた。半時間後、制服を着た人影が村のゲート*のすぐ外の道を歩いてくるのが見えた。日本軍兵士の小さな部隊が村に入ってこようとしていた。先頭に将校が一人いた。彼らが村のゲートから入ってきたとき、最初に出迎えたのは子供たちだった。いたずらっ子が一人、銃に見立てた木の棒を持って行進し

* ナガ族の村境にある門。隣村を襲撃して首を狩る風習があった頃に外敵を防ぐ役割を果たしたと考えられている。

ていき、いちにんまえに敬礼してみせた。最初の対面につきものの張り詰めた空気がいっぺんに和み、兵士たちはその子の行動を見て笑みをもらした。緊張が解け、兵士たちは子供たちに先導されてガンブラの家までやって来た。そのとき、その様子を見ていた村人の一人が言った。

「先頭のあの人をごらんよ、あれは違う、あの人はなんとも様子がいい！」

その若い将校は、兵士たちと同じくらい疲れているようには見えたが、確かに美男子だった。村人たちはみな、これまでとは違った目でその将校を見た。あれほど麗しい人がなぜ、これほど暴力に満ちた兵士としての生き方を選ぶことがあるのかと不思議がった。若い将校は自分が見られていることに気づき、村人たちの方を向いてかすかに微笑んだ。

「ほんとにまあ、様子がいいこと」別の老女も声を上げて言った。

またたくまに女たちの間で噂が広まった。そのような状況にもかかわらず、女たちは興味を引かれ、みながその新しい将校をひと目見ようと出かけていった。噂に違わず、背が高くて見目《みめ》麗しかった。彼の上官、あの冷たい目の将校とはずいぶん違っていた。その若い将校は子供たちを見かけると微笑みかけて日本の金《かね》をやり、子供たちは我先にと争うように受け取った。いったいどういういきさつであの人はここに来たのだろう？　裕福な人の息子なのだろうか？　祖国に姉妹や兄弟はいるのか？　妻はいるのか？　一人の日本の兵士に対してこれほどの村人たちの関心が集まったことはなかった。男たちは、女たちがその将校のことをさかんに話題にしても浮ついているとは思わなかった。

「確かに、あの人はとても品がある感じだ」男たちもみな同意した。「戦場に行くような男にはとても見えない」

サニュオはこうした話を耳にし、ほかの女たちと同じようにその将校をひと目見たいと思った。翌日は自分が穀物の当番の日だった。脱穀したあと、日本軍の上官とその護衛の兵士が駐留しているガンブラの家に持っていくのだ。当初、穀物は男たちが運んでいたが、数週間何事もなく過ぎたので警戒を緩め、女たちに持っていかせるようになっていた。サニュオは脱穀を終え、穀物を入れたかごを背負ってその大きな家に歩いて行った。中庭でかごの掛け紐を頭から外して肩にかけた。荷物は重く感じられたが、そうすればあたりを見回してそこに暮らしている者たちの姿を見ることができた。左側で何かが動く気配がし、はっとしてそちらを見た。日本軍の兵士が一人、銃の手入れをしていた。慌ててサニュオはかごの掛け紐を頭に掛け直し、穀物庫に入ってかごの中身をあけ、急いで家に帰った。心臓が高鳴っていた。銃に対する恐怖心で、村中の人が注目し想像を巡らせている美男子が目の前にいるのだという思いはかき消されていた。

三日後、サニュオは数人の女たちと一緒に、水浴びと洗濯をしに小川に来ていた。ときどき、日本軍の兵士たちが森から出てきてそばを通り過ぎて行くことがあった。女たちは水浴びと洗濯をしながらおしゃべりをした。みんなで一緒にこうしていると、思いがけず戦争という現実をいっとき忘れられることがあった。まるで昔とほとんど変わらないみたいだ。

女たちの一人が言った。「思ったんだけど、サニュオはあの若い日本人と結婚しちゃえばいいんじゃない。すごくいい男だもの、種を残していってもらわなくちゃ」

女たちにそう言われて、サニュオは顔を赤らめた。そんなふうにからかわれるのには慣れていなかった。いやらしい冗談を言われて顔を赤くすると、ますます容赦なくからかってくるのだ。この種の冗談は、ほとんどの女たちがごく当たり前に口にした。みんなと仲良くしていたければ、我慢して一緒になって冗談を言い、話題を変えようとするしかない。女たちが笑い合っておしゃべりをしていると、二つの人影が水際に近づいてきた。女たちは笑うのをやめた。自分たちが関心を寄せているまさにその当人がすぐそばの水際に立って自分たちのことを見ていたのだ。

年かさの女が一人、立ち上がって大胆にも言った。「今ちょっと、将校さんの奥さまをからかってたところなんですよ」

若い将校には、女の言葉がわからなかったが、女たちが集まって水浴びをしているだけで何も害はないと思ったのか、手を振って受け流した。彼は特に誰か一人の顔を見るというのではなく、女たち全員に微笑みかけた。それから向きを変えてもう一人の兵士を連れて去っていった。

二人が行ってしまうと、サニュオは言った。「あの人、本当にすごく素敵」

ほかの女たちが笑い、将校に話しかけた女が言った。「だから言ってるのよ、あの人と結婚しちゃいなさいって」

その晩遅く、サニュオの頭にはさまざまな思いがあふれた。寝床に横になり、村から聞こえてくる音やコヒマの方から聞こえてくる砲火の音に耳を澄ました。そうした音は、村人たちにとって当初はまったく耳慣れないものだったが、ここ数週間のうちに生活の一部になっていた。翌朝、サニュオは寝坊して、大急ぎで水汲み場に行って水を汲んだ。水瓶に水を入れ終え、立ち上がって髪を結ってまとめた。水瓶を持ち上げようとしたとき、突然それを誰かに取られ、とっさに反応できないでいるうちに、その誰かの手が水瓶をそっと彼女の背負いかごに入れた。思わず声を上げそうになったのを抑えながら振り返ると、あの若い将校がこちらを見下ろして微笑んでいた。水瓶をかごに入れたのは、友人の誰かではなく、彼だったのだ。サニュオは真っ赤になった。やだ、お礼を言わなくちゃ！　どうにか、自分たちの言語でありがとうというようなことをもごもごと言った。将校はサニュオに笑顔を向け、サニュオが歩み去るのを見守った。この出来事を目撃した者はいなかった。

そのあと、家の大きな貯水容器に水を移しているとき、サニュオは震えが止まらなかった。あの将校がすぐそばにいたとき、それまで経験したことのない気持ちになった。急に自分の顔のすぐ上に相手の顔が見えたとき、鼓動が激しくなった。なぜあの人が自分をそんな気持ちにさせるのだろうと思った。同じ年頃の村の男の子たちの誰とも似ていなかった。全然違っていた。最初に日本軍が来たとき、村の誰もが日本人兵士たちのことをひどく悪く言っていた。女たちは長いこと、日本軍兵士たちに姿を見せないようにしていた。だが、彼らがここに駐留し始めてから数週間経っても、一人の村人も日本軍に傷つけられることはなかった。まず村の少年たちが兵士たちと親しくなり、森の中について行ったり、兵士たちが営舎で休憩をとっているときに一緒に遊んだりするようになった。とはいえ、女たちと日本軍兵士たちの間には常に、ある程度以上には打ち解けない雰囲気があった。サニュオはこれ以上考えないようにしようと思った。でも、あの人は本当に、おばあちゃんがよく話して聞かせてくれた〝天のだんなさま〟みたいじゃない？　地上の女たちの中から妻を娶ろうと天界から下りてきた、雅な美しい男の人。あの人の頬の輪郭や顎の形は、おばあちゃんの話を聞きながら想像していた〝天のだんなさま〟にそっくりだ。サニュオの祖母が死んでから二年になる。その話を語り聞かせてくれる人はもう誰もいなかった。

サニュオは一度、祖母がまだ生きていたときに、不思議な夢を見た。部屋いっぱいにまぶしいほど明るい光が広がり、美しい男の人、自分の〝天のだんなさま〟が、そこに立って両手をこちらに差し出していた。そのちょうど一カ月後に祖母は死んだ。それからずっと、だんなさまはわたしを迎えに来たのに、間違えておばあちゃんを連れて行ってしまったんだろうか、とサニュオは思っていた。

村に来たばかりの人がサニュオを見たら最初は見栄えがしない娘だと思っただろうが、そんな彼女にも彼女なりに優美なところがあった。よく見れば、繊細な骨が顔の輪郭を形作っているのがわかる。かわいいけれどもあくまで素朴なかわいらしさでしかないほかの娘たちとは違っていた。サニュオは手足が細く、中年になってもどっしりした体型にはなりそうになかった。そして今、その日本人将校と出会って顔を赤らめているサニュオは光り輝いていた。その美しさに彼は目を留めたにちがいない。

誰もサニュオの生年月日を知らなかったが、祖母の話では村の新しい教会が建った年に生まれたということだった。教会が建ったのは十八年半前だ。祖母がいなくなってから、サニュオは祖母と一緒に住んでいた小さな家に一人きりで暮らしていた。サニュオの両親は彼女が四歳になったかならないかという頃に大流行したマラリアで死んでいた。村では、両親をなくした子供は祖父母か親類に引き取られていたから、サニュオが一人暮らしをしているのは少々珍しいことだった。母方のおじがうちで一緒に暮らそうと言ってきたが、おじの妻が意地悪で一緒に住めばいじめられるのはわかっていたから、この家を捨てるのは忍びないと理由をつけて祖母の家に住み続けていた。

翌日、村人全員が集会に呼び出された。日本軍の上官が前に立って英語で話し、村の古老の一人が通訳をした。話の内容はいつもとだいたい同じだった。誰も我々の活動を英国軍に通報してはならない。万一通報したことが発覚すれば、我々はその村人を殺さなければならない。なぜならこれは戦争だからである。だが日本軍がナガ族の人々を敵とはみなしていないことをあなたがたは理解しなければならない。我々は同じ人種であり、従って互いに助け合うべきなのが道理である。この種の話を週に一度ほどは聞かされていて、村人たちはもう慣れていた。

サニュオはみんなの後ろに立って、上官が話をしている間に若い将校の方を見た。彼の目はおおっぴらに、まるでいつもしていることだというように、誰かを探すように村人たちの顔を見回していた。サニュオを見つけると、ほとんどわからないくらいにほんの少しだけ微笑んだ。サニュオは赤くなって下を向いた。どうしてそこまでと思うほど、どうしようもなく気持ちがかき乱された。

集会が終わると人々は散っていった。サニュオは将校と顔を合わせないで済むように抜け出した。ここまで来れば大丈夫だろうと思われるところまで離れてから、振り返って見た。

将校はその間ずっとサニュオを見ていた。サニュオが立ち止まって振り返ったとき、彼は追いかけるようなそぶりを見せたが、サニュオがすばやく立ち去ったので、彼の方もその場を去った。

夜、サニュオは寝床に横になり、眠れずにいた。あの人の姿を見たときに湧き上がってくるあの気持ちは何なのだろう？　ほとんど知らない人なのに。たったの二言だって言葉を交わしたこともないのに。どうしてこんなに強く惹きつけられるのだろう？　これが恋というものなんだろうか。そんなことってあるかしら？　あるわけがない、と思った。そのとき、玄関の戸口のところから小さな足音が聞こえた。おじが様子を見に来たのかもしれない。ときどき、元気でやってるかと訪ねて来るのだ。戸を叩く音がした。サニュオは寝床から出て戸のかんぬきを外しに行った。あの若い将校が立っていて、サニュオを見て微笑んでいた。それからさっと家の中に入ってきたので、サニュオはぶつからないように後ずさりした。次の瞬間、サニュオの手は彼の手の中にあり、彼は日本語で優しくサニュオに話しかけていた。将校は優しくサニュオの手を握り、ときどきサニュオの髪と額に触れた。サニュオの中に抗う気持ちはもはやなく、サニュオは相手に身を預けた。傷つけられることはないと感じ、こうするべきなのだと思い、満ち足りた気持ちだった。〝天のだんなさま〟がとうとう迎えに来てくれたのだ。

朝になると、サニュオはガンブラの家に行き、ガンブラが出てくると遠回しな言葉は使わずはっきり伝えた。「わたしたち、夫婦になりました。あの若い将校さんとわたしです。わたしはあの方の愛人になったのではなく、あの方はわたしの夫です。運命が私たちに許してくれる間は」

長老はサニュオの目に浮かんだ幸せと、サニュオの顔を輝かせている満ち足りた心を見てとり、こう言った。「よかろう、娘よ。起こるべきことが起こったのだ。一緒になって、夫を大事にしなさい」

それから長老は二人の将校、無情な上官と若い将校のところへ行って話をした。まず若い将校に向かって言った。「あの女はあなたのものになりました。愛人ではなく、妻としてです。大事にしてやってください。よい女です」それから、上官の方に言った。「一緒にならせてやりましょう。夫婦の間柄になったのです」上官は同意した。その日のうちに若い将校はサニュオの家に移り、二人は夫婦として暮らし始めた。

二人は一緒にいてとても幸せだった。言葉で意思疎通ができなくても優しく笑い合った。一緒に寝るとき、彼はサニュオの髪を優しくずっと撫でていた。それが彼の愛情表現だった。彼が日本語か英語で話しかけると、サニュオは微笑み返し、自分たちの言語で二言三言、愛の言葉を言った。彼には、サニュオの〝天のだんなさま〟には、サニュオの言うことが一言もわからず、その美しい響きが感じられただけだったが、サニュオが彼を愛していることだけは伝わった。言葉によらず、そして彼にとっては意味をなさないが彼女の気持ちのすべてを伝える言葉でもって愛しているのだと。クニユキ、というのが彼の名前だった。サニュオは食事の支度ができたとき、愛おしそうにその名前を口にして彼を呼んだ。

二人が一緒にいられた瞬間、時間、日数はどれほどあったのだろうか。二人は互いに相手に夢中で、言葉を超えて、手ぶりだけで互いに自分の秘密を打ち明け、相手を幸せにした。こうした時間が思い出となって残って慰めとなることはない。あまりにも儚いのだ。地上の人間はもともと人を愛するようにはできていないのかもしれない。極上の恋物語は決まって死で、あるいは別離で終わる。人を愛するということは、人間の手に余ることなのかもしれない。

一カ月半の幸せだった。かろうじてそれだけの長さだった。戦争だ、二人が愛することで押し止めていた戦争が再び二人を飲み込んだのだ。少しの言葉と紙に書いた絵で彼は自分の運命をサニュオに伝え、サニュオは理解した。北に行かなければならない。北では戦闘が激しくなっていて一人の兵士も残していくわけにはいかない。サニュオには何も訊《き》くことはなかった。自分たちの物語がどのような終わりを迎えるのか、ずっとわかっていたから。最後の晩、二人とも眠らなかった。ただ黙って抱き合っていた。朝が来ると、進軍の合図の音が容赦なく二人を引き離した。

彼は戦死したと伝えられた。遺体が見つかったとき、所持品の書類の中に絵が一枚あったという。満開の桜の木と、その下に座っている女の絵だった。女は黒い目をして、黒い髪を腰まで長く伸ばしていた。

初出：Forest Song（Barkweaver Publications, 2011）

手紙

テムスラ・アオ

村には不穏な静けさがあった。地下勢力のゆすり屋がやって来て、村人たちが苦労して稼いだ金《かね》を持って去って行った。村までの自動車道路の最初の区間を掘削する工事をして稼いだ金《かね》だ。国境道路公団から委託された仕事で、熱心な働きかけと、たびたび険悪な雰囲気になりながらの交渉の末に実現したものだった。道路公団は当初、人手は足りているから自分たちでその区間の掘削をすると言って、村人たちに仕事を請け負わせようとしなかった。村人たちは、道路は自分たちの土地を通って建設されるのだから、土地の所有者として道路の境界の確定に関与しないわけにはいかない、と言って反論した。そうしなければ、隣の村の領域を犯してしまうかもしれず、不要な悶着の種に発展しかねない。

最終的には村人たちが契約を獲得し、予定より二日早く作業を完了させた。作業に加わった者はみなそれぞれ、稼いだ金《かね》の使いみちについて予定をたてていた。何人かは家の屋根をトタンに変えたいと思っていたし、畑を耕すためのつがいの牛を何組か買う交渉を早々と始めていた者もいた。またべつの一人は、床を直すための板を近所の者からツケで買い、道路公団から賃金を受け取ってから支払いをするつもりでいた。

彼らが考えに入れていなかったのは、地下勢力の情報ネットワークのぬかりのない仕事ぶりだった。

賃金を受け取ったまさにその日、夕暮れどきによそ者が数人、村に入ってきた。怯える村人たちに、村の長《おさ》の家に連れて行くよう命令し、その家に着くと自分たちの要求を述べたてた。よそ者たちは工事の仕事をした村人の名前を読み上げ、その中の一人がそこにいないことに気づいた。それは木材をツケで買った男だった。彼は、腐った床板を張り替えるための木材をちょうどいい大きさに切る作業に没頭していた。その男は訪問者たちの前に引っ張ってこられ、召集に応じなかったことで訪問者たちにひどく責められた。村人たちは、苦労して稼いだ金《かね》の使いみちの予定はこれでおじゃんになるだろうとすぐに悟った。この険悪な顔つきのならず者たちがこの時分に森から出て村にやって来た目的はただ一つ、〝地下政府〟の名のもとに村人たちから強奪するためだとわかっていたからだ。抵抗しても無駄だった。

相手は銃を持っていたし、衝突すれば必ず報復を受けることになる。

〃国の職員〃を騙る者どもによるこうしたあからさまなゆすり行為は、罪のない村人たちにとって珍しいことではなかった。村人たちが驚いたのは、よそ者たちがやってきたタイミングと、摑んでいた情報の正確さだった。働いた者が道路公団からそれぞれいくら受け取ったかまで把握していたのだ！　今、長《おさ》のいる前でその者どもは、村人それぞれが〃税金〃として地下政府に納めるべき金額を読み上げた。心に憎悪を燃やし目に殺意を秘めて、村人たちは各自払う金額を数えて長《おさ》の前に置いた。ところがそのうち一人が何度も何度も金《かね》を数えていた。その村人は数回数えたあと、相手のリーダーに訴え始めた。材木業者にツケを払わなければならない。今その〃税金〃を払ったら息子に金《かね》を送れなくなる。息子は学年末試験を受けることになっていて今週中に受験料を支払う必要がある。あとですぐに払うと約束する、だが今回の勘定からは外してくれ、と言った。そうしないと息子が試験を受けられない。この村人は妻の病気のために働いた日数が少なかったために稼ぎが一番少なかった。そのこともリーダーに説明しようとした。だが最後まで言わないうちに、ゆすり屋の一人が腰掛けていた椅子からがばっと立ち上がり、ライフルの銃床で気の毒なその村人を殴った。「何が試験だ、何が受験料だ？　おれたちが政府との戦いでどれほど犠牲を払ってきたか、わからないのか？　それで今おれたちが森の中でどれほど苦しんでると思ってるんだ？　税金を集めるのはやめて、おまえの息子が試験を受けられるようにして、息子がインド政府のおえらいさんになって、おれたちを支配できるようにしろというのか？」

「インドの」という言葉を口にしただけで、男の顔はむきだしの怒りで歪んだ。まるで天敵の姿を目にした凶暴な動物のようだった。長《おさ》は、さまざまな対立のある環境で生きてきた人間の機敏さで、倒れた村人を脇に引き寄せた。そうしていなければ次の瞬間にそこで殺人が起こっていただろう。さらに長《おさ》は、殴られた村人から金《かね》を取り、それをまだ怒りが収まらない様子の男に渡し、今すぐ出ていってくれと言った。リーダーは長《おさ》の口ぶりに気分を害したかのように振る舞いながらも言われたとおりにした。過去にこの長《おさ》から軍の巡視隊の動きを事前に教えられたおかげで捕まらずに済んだことが何度もあったからだ。

　招かれざる客が去ったあと、村人たちは殴られた男に応急処置を施した。顔は早くも腫れあがっていて、口と鼻から血が出ていた。できる限りきれいにしてやってから、村の調剤師のところへ担いで連れて行った。調剤師は出血を止める飲み薬を出し、何日か休養するようにと言った。いっぽう長《おさ》は、この不運な男の苦境に思い至って金《かね》を貸してやり、その金《かね》は近くの町の学校に行っている男の息子に試験の費用として送られた。差し迫った危険は回避されたものの、村人たちは地下勢力の構成員が付近をうろついていることに不安を感じた。近頃、運動*に参加しているごろつきどもが罪のない村人たちや町の人たちを悩ませているという話が伝わってきていた。そうした者どもは、〝地下政府〟の名のもとに〝税金〟を徴収し、その金《かね》を自分たちが常用する麻薬やアルコールにつぎ込んでいると言われていた。そうした者たちが組織の上の人間からどのように〝懲罰〟を受けるかという話も聞こえてきた。手と足を縛られ、至近距離から頭を撃たれるのだという。村人たちの方では、そうしたごろつきどもの行く末になど構ってはいられなかった。何しろ村人たちは、さまざまな地下勢力**だけでなく、政府職員やインド軍も相手にしなければならないのだから。

この村の人々は概して気性がおとなしいと言われ、地上の政府とも地下の政府ともできる限りもめごとを起こさないように努めてきた。ときどき野菜や米などの農産物を買いに村にやって来る軍関係者ともわりあいうまくやっていた。ところが今回の事件で、心の中で眠っていた怒りが目覚めたようだった。数人で集まって何日も自分たちの不満について話し合うようになった。家にいるとき、畑にいるとき、森にいるとき、村人たちの心は恨みと怒りでいっぱいになった。ナガランドの不透明な政治の世界にうごめくさまざまな勢力は、長年にわたって自分たちに不当なことをしてきたのだ。そうした勢力が一緒になってナガ族の社会

＊　反政府運動のこと。
＊＊　インドからの独立を求めて活動していた組織が一九八〇年代以降に分裂して以後、分裂と抗争を繰り返していた。

を無法状態に陥らせたのだ。村人たちはある晩、隠れた力に突き動かされたかのように、長《おさ》の家に集まり、熱く議論を戦わせた。年長の者たちは慎重な立場を取り、思いとどまるよう呼びかけた。だが若い者たちは、そうした政治勢力に対して行動を起こすべきだと主張し、それまで自分たちを軽んじて自分たちから〝盗もうとしてきた〟者が誰であれ、その誰かに報復すべきだと訴えた。議論は夜半過ぎまで続き、年長者の声は、若い者たちの怒りと恨みの強い流れに飲み込まれた。最終的に、村の評議会として次のような決定を下した。地下勢力に〝税金〟を払うのはやめる。政府のために〝無償〟労働をすることは拒否する。軍関係者の足を遠のかせるため村の作物を軍関係者に売らないようにする。こうすれば若い者たちの怒りをなだめられるだろうと思われた。一番鶏が鳴く頃、年長者たちは若い者たちに、挑発されてもいないのにこちらから敵対行為をすることは慎むよう釘を刺した。

村は一見いつもの村に戻ったかのように見えたものの、哀れな男が暴行を受けたという話には、女たちからも大きな声が上がった。陰で女たちは男たちのことを〝まるで女だ〟と言い、遠回しな言葉と品のない歌で男たちは去勢されたと嘲った。男たちはそれに対して何もできなかった。内心では、自分たちは確かにもうずいぶん前から骨抜きにされていると認めていたからだ。だがこうした感情のうねりも、すぐに日々の現実に紛れ、村はまた穏やかな日常に戻った。

しかし、その静けさもさほど長くは続かなかった。もっとも予想していなかったときに、ある出来事が起こるべくして起こったのだ。

それは、村に武器を持った一人の男が現れ、長《おさ》の家への道を尋ねたことだった。声をかけられた老女はその場で立ちすくんだ。老女は息子の家から出てきたところだった。病気の孫のために特別に作った料理を届けに来たのだ。年老いて村の最近の出来事には疎いようだが、この老女はかつて反政府闘争がもっとも激しかった頃に集団村《グルーピング・ゾーン》＊で暮らし、軍隊による暴行を受けて生き抜いてきた経験の持ち主だった。地下勢力の〝シンパ〟と言われ拷問を受けた人たちも見ていた。夫がインド軍の内通者で〝案内役〟をしていたという嫌疑をかけられ、地下勢力に誘拐されたあげく殺され、以来心の傷を抱えて生きてきた。だがその瞬間、老女は啓示を受けたような気がした。迷彩服を着て無精髭を生やしてはいるが、その男には見おぼえがある、夫を誘拐した一味の一人だ、と思ったのだ。目が悪いふりをして目をすがめ、努めて落ち着いた声で、老女は道を教えた。ただしそれは、長《おさ》の家への道ではなく、例の若い者たちの一員が住む家への道だった。

＊　一九五〇年代に反政府武装闘争を弾圧するインド政府がナガ族の村をいくつかずつまとめて軍の管理下に置いたもので、実態は強制収容所であったと言われる。

男が立ち去ると、老女は息子の家に後戻りして自分がしたことを伝えた。それを聞いて息子はショールと山刀《ダオ》を手にとり、仲間を集めようと友人の家に駆けていった。それから七人の男が列になってそのよそ者がいる家に向かう姿が見られた。そのときその家では、よそ者が家の主人と対面し、銃を突きつけて脅していた。地下組織軍が課す〝緊急税〟として一定の額の金《かね》を集めて払えという。さもなければ、おまえも、おまえの家族も、邪魔をする者は誰でも殺す。そう言い終えるか終えないかのうちに、男は村人たちの一団に取り囲まれたことに気づいた。男は銃を持ってはいたが、ひどく怖じ気づいた。勇ましく見せようとして、集まってきた村人たちに突っかかった。「誰だおまえら、何しに来たんだ？」

これを聞いて、背が高いので単純に〝アシナガ〟と呼ばれていた村の男が、「そういうおまえは何なんだ」と訊き返し、相手に近づこうとした。すると、よそ者は周囲からいっせいに向けられた悪意にすっかり怯え上がって発砲した。幸い、弾丸は村人の一人のそばをかすめて飛んでいっただけで、誰も怪我はしなかった。銃声を耳にした村人たちが幾人も家から出てきた。最初はおそるおそるだったが、相手は一人だけだという話が広まってからは、もみ合いが起こっているその家の前にどっと集まってきた。大勢の屈強な男たちに取り囲まれ、男は逃げようとしたが、逃げ道は人間の壁で塞がれていた。誰が始めたのか誰にもよくわからなかったが、暴行は数分間、容赦なく続き、とうとう男は意識を失って地面の血溜まりの中に倒れた。事の重大さを悟り、ほかの村人たちはその場を去っていき、若い者たちと倒れた男だけがその場に残された。男はぐったりしていて、大量に出血していた。

家の主人は事の顚末があまりに恐ろしく、まともに頭が働かなくなり、若い者たちにその男の体をこの家からできるだけ遠くに運んでくれと懇願した。一団のリーダーらしきアシナガが仲間たちに指示してその男の体を運ばせ、仲間を先導して、村を離れてジャングルの小道まで連れて行った。小道の先に谷があり、そこには木から落ちて谷底の岩に打ちつけられて死んだ男の幽霊が出ると言われていた。もうじきすっかり暗くなりそうだった。仲間たちはそんなところに入っていくのは危険だと反対した。それでもだがアシナガは、小道に生えている低木をダオでなぎ払いながら先へ進んだ。一行が不満そうに息を切らしながら重荷を運んでいくと、小山の上の開けた場所に出た。

まだ息をしている男をどさりと地面に下ろし、男たちは横になって体を伸ばしてしばらく休んだ。それからまず、空き地の真ん中に、あたりに落ちていた乾いた木や小枝で火を焚いた。ぐったりしたその男の体をこれからどうするべきか、誰にとっても明らかだったが、男たちの頭の中にあった最大の疑問は、どうやってそうするのか、そしてそのあとどうするのか、ということだった。アシナガもそのことを考えているようだった。地面に視線を落としたまま、男の体の周りを歩き回っていた。遅くなればなるだけ厄介になると思い、アシナガは仲間を呼び集め、質問を投げかけた。こいつをここに置き去りにして死なせるか、それとも崖から落とすか？　答えは全員一致だった。崖から落とす。ではこの男の銃はどうする？それも一緒だ、と仲間たちは答えた。男たちが決断を実行に移そうとすると、アシナガが声を上げた。「待て、せめてこいつが実際のところ何者だったのか確かめよう」と言われ、男たちは再び男の体を放した。アシナガは男のポケットの中を探った。ふやけた小額の紙幣数枚、ほとんど字が判読できない擦り切れた身分証、近くの町の私書箱に宛てた手紙が出てきた。ポケットを空《から》にすると、男たちはもう一度、かつては人間だったその血まみれの塊を持ち上げ、声を合わせて三つ数え、男の最後の安息地となる場所へと投げ落とした。そのあと男の銃も落とした。仕事を終えると、男たちは再び腰を下ろした。アシナガは紙を一枚一枚よく見てみた。紙幣を数えると、男の所持金がわずかに四十九ルピーだったことがわかった。身分証は判読できなかった。元は手紙だったと思われるもう一枚の紙も同じだった。それから私書箱番号が書いてある手紙を読み始めた。アシナガは、読み進むうちに表情を変え、やがて何か重いもので殴られたかのように地面にへたり込んだ。しかし仲間たちは、体は疲れ感情も涸れ果てていたので、アシナガの様子が急に変わったことに気づかなかった。夕闇が濃くなってきたのでなおさらだった。全員がある種の放心状態にあるようだった。

アシナガが最初に気を取り直して動き出した。死んだ男のポケットにあったものをすべて拾い上げ、消えかけている火の中に投げ込んだ。紙の束が煙に包まれて消えていくのを眺めながら、男たちはそれぞれ、肩から大きな重荷が降りたように感じていた。あのよそ者がどうなったか決して口外しないと誓い合ってから、濃くなっていく闇の中を、竹と葦でできた松明の明かりを頼りに村に向かって歩き始めた。

その手紙は、アシナガがその後、生きている限り一人で背負い続ける十字架となった。勉強は得意な方ではなかったが、そのとき読んだ手紙の文面は一言一句忘れなかった。死んだ男の息子からの手紙で、試験の受験料を送ってくれと父親に頼む内容だった。

初出：Laburnum For My Head（Penguin, 2009）

母さんの娘

ニケヒェニュオ・メフォ

その日はわたしの誕生日だったのに、誰も気づいていないみたいだった。学校の友だちも、家族の誰も。母さんだけは覚えていただろうけど、母さんはまだベッドにいた。

今日は青い服を着たいと母さんにたのみたかったけれど、今は母さんを煩わせたくなかった。あとで紙に大きなケーキの絵を描いて好きな色を全部使って塗ろうと思った。弟の誕生日と妹の誕生日にも同じことをしてあげた。うちは父さんと母さんを入れて五人家族だ。わたしが一番上の子だから、こんなふうに母さんの具合が良くないとき、わたしが弟と妹の面倒を見る。前はお母さん役をするのが楽しかったけれど、この頃は一日ずっとやっているとすごく疲れてしまう。

父さんに会うことはあまりない。会うとしても夜だけだ。うちの父さんは友だちのお父さんたちとは違う。うちの父さんは友だちのお父さんたちがしないことばかりする。それでもわたしの父さんだからわたしは父さんを大事に思っている。母さんはあまりしゃべらない人で、友だちはいない。ときどきわたしたちを見てほんの少し微笑んでくれるときはあるけれど、それ以外に母さんが笑うところを見たことがない。夜、父さんが家に帰ってくるなら、わたしたちがすることは二つのうち一つだ。寝たふりをするか、ベッドの下に隠れるか。自分たちは完璧な家族だとわたしは思っているけれど、それは父さんが家にいないときの話だ。

前の日の夜、父さんは、きまぐれに今夜は家に帰ると決めたらしかった。それまで一週間帰ってきていなかった。父さんが門から入ってくるのが見えるとすぐ、母さんに教えて、弟と妹を大急ぎでベッドに連れて行って一緒に寝たふりをした。四歳の妹だってもう寝たふりができる。父さんの足音が近づいてくると、毛布を引きよせて三人ともしっかりくるまるようにして、自分の体が震えるのを抑えようとした。父さんがわたしたちの部屋のドアを開けた。わたしは汗ばんだ両手の手のひらを合わせて、今夜はそっとしておいてくれますようにと声に出さないで祈った。父さんは少しの間そこにいて、それからドアをばたんと閉めた。わたしたちはほっとしてため息をついたけれど、すぐに母さんのくぐもった声が聞こえてきた。泣きながら、やめてと父さんに言っていた。わたしたちはそこでじっとしていた。今回は自分たちは助かったけれど、母さんのことが心配で怖くてたまらなかった。わたしは弟と妹を抱きよせて、母さんの泣き声に合わせて三人で静かに泣いた。

そして今日が誕生日のわたしは、朝の二時に起きて母さんの様子を見に行った。廊下の明かりをつけると、部屋の中で寝ている母さんの姿が見えた。鼻と口が血だらけだった。父さんが家に帰ってきたときに寝ている居間を覗《のぞ》いてみた。誰もいなかった。台所に行って、火をおこして、やかんを火にかけた。それからボウルにお湯と水を混ぜて入れて、きれいな布を浸《ひた》して、それであざのできた母さんの顔を拭《ふ》いた。母さんは目を開けて、弱々しい声で、戻って寝なさいと言ったけれど、わたしは何も言わずに血を拭き続けた。

拭き終わるとわたしは訊いた。「母さん、どうして父さんはわたしたちのことが嫌いなの？」すると母さんはすかさず答えた。「違うの。父さんはわたしたちのことが嫌いなわけじゃないのよ。父さんは酔っ払ってたの、それだけ。だって、父さんがこういうことをするのは、父さんが夜、酔っ払ったときだけでしょ。父さんのせいじゃない。お酒のせい」わたしはどういうことかわからなかったけれど、もっとわかるように説明してとは頼まなかった。母さんはとても弱っていて疲れていた。近所にほかにもお酒を飲む男の人はいるけれど、その人の子供や奥さんがわたしたちのようにあざを作っているのを見たことはない。

わたしは母さんのためにもち米入りスープを作ろうと台所に戻った。前はわたしたちが病気になったとき母さんがよく作ってくれて、今ではわたしも作れるようになった。弟と妹が起きてきたので、もう一度やかんを火にかけた。弟と妹は朝のお茶と一緒にお菓子をちょっとつまむのが好きなのだけれど、そのときはお菓子がなかったから、前の日の夕飯の残りご飯をスプーン一杯ずつカップに入れてあげた。そのあと、弟たちが食べてから学校に遅れないで行けるように、ご飯とカレーを作り始めた。

学校の門の近くで弟たちを見送った。教室に入るのを見届けるとすぐ、走って家に帰った。先生たちに見つからないかと心配だった。母さんの面倒を見ないといけない日は学校には行けない。母さんのために取っておいたご飯とカレーを台所から母さんの部屋に持っていって食べさせた。母さんが食べている間、わたしは静かに座っていた。母さんを慰めるためにわたしは言った。「これでしばらくは心配いらないね。休んでね。このあと何日かは帰ってこないでしょ」母さんは疲れた様子で頷《うなず》いた。

ところが父さんは帰ってきた。そんなことはそれまでになかった。いつもは、そのあと何日かは家に寄りつかないのだ。それなのに、わたしたち三人が囲炉裏のそばに座って夕飯を食べていると父さんが突然現れて、わたしたちは隠れる暇もなかった。母さんはまだベッドにいた。見上げるとすぐそこに父さんの顔があって、わたしは体がすくんで動けなくなった。父さんの目はガラスみたいだったし、父さんがこれから何をするのかわかっていた。父さんはわたしが手に持っていた皿を蹴り落として、わたしのセーターを摑《つか》んでわたしの体を壁に打ちつけた。

「父さん、ごめんなさい！」わたしは泣き叫んだ。

父さんはわたしを殴り続け、わたしは泣きながらようやく言った。「父さん、今日はやめて！　今日はわたしの誕生日だから！」

けれど父さんにはわたしの言葉が聞こえないようだった。

目が覚めるとベッドにいて、弟と妹がそばに座っていて、母さんがわたしの顔のあざを優しく拭いてくれていた。弟と妹に殴られた跡《あと》がないのを見て安心した。わたしだけだったのだ。わたしは母さんの顔を見て泣きだした。母さんはすぐに居間の方を指差して首を振った。悲しい目をしていた。大きな声で泣くと眠っている父さんに聞こえるかもしれない。起こしてしまったら、すぐまた怒り狂うに決まっている。だからわたしは枕に顔をうずめて泣き声がもれないようにした。

その次の日に学校で、その顔はどうしたのと先生に訊かれた。母さんに言われたとおり、お風呂場で転んだんですと答えた。先生の目を見れば、先生がわたしの言うことを信じていないのがわかった。わたしがお風呂場で転んだのはこの一カ月で三回めだ。先生がもう一度わたしを見たとき、わたしは顔を背《そむ》けた。教会では嘘をつくと地獄に行くと教えられているけれど、母さんはいつもわたしに嘘をつかせる。前回おばあちゃんがうちに来ていたとき、おでこのあざのことでおばあちゃんに嘘をついた。友だちと遊んでいるときに転んでけがをしたのだと言った。もう作り話が思いつかなくなってきた。だから、次に父さんに殴られたときはできるだけ顔を隠すようにしようと思う。そうすれば、あとから何か訊かれることもなくて、嘘をつかなくて済むだろうから。

※

わたしは六歳の娘と一緒にベッドに横になっている。昔、父さんが家に帰ってきた夜に弟と妹を抱き寄せたように、娘を抱き寄せる。娘の寝顔を見て、どんな夢を見ているのだろうと思う。娘が毎晩こんなふうに安らかに眠れるといいのに。

そのあと、木の床をどしんどしんと歩く足音が響いてくる。思わずまた、何年も前に父さんの足音が聞こえたときと同じお祈りをする。あのときと同じ体の震えを感じる。夫がドアを開け、わたしは目を閉じて、夫が何もせずに出ていくのか、それともわたしに手を伸ばすのか、どちらだろうと思う。ドアのところに立っている夫の荒い息づかいが聞こえる。それから夫はわたしの髪を摑み、わたしを力ずくでベッドから引っ張り出し、床を引きずり回す。わたしはずいぶん前に抵抗するのをやめた。抵抗すればよけいにひどく殴られるだけだ。だから、じっと耐える。毎回呆れてしまう。夫は父さんにそっくりで、わたしは母さんにそっくりだ。

気がつくとキッチンの床で横になっている。朝の光が目に差し込んでくる。見回すと娘が部屋の隅にいて、わたしをじっと見ている。何年も前にわたしが母さんを見ていたのと同じように。

娘は駆け寄《よ》ってきてわたしの顔にかかった髪を払って泣きだす。「お母さん、どうしてお父さんはわたしたちのことが嫌いなの?」

わたしはどうにか起き上がって娘を抱きしめる。「しーっ……ねえ、泣かないで。大丈夫、なんにも心配いらないようになるから。昨日の夜お父さんは酔っ払ってたの。お父さんのせいじゃないの。お父さんがわたしたちにこういうことをするのは、お父さんの体に入ったお酒のせい」

わたしは力を振り絞《しぼ》り、立ち上がって娘を抱き上げる。だっこしたままキッチンに行き、片手で水をガスコンロの火にかけてお湯を沸かす。半分はお茶を淹れるため、半分は顔を洗うためだ。

お湯が沸いたら、まず娘の顔を洗ってきれいにしてやろう。

赦す力

アヴィニュオ・キレ

彼女はしゃがんで古い書類や紙類をぱらぱらとめくっていた。この先ずっと必要なものもあれば、とっくの昔に役割を終えたものもあった。彼女は特に整理整頓が得意なほうではなかった。成績表、古いクリスマスカードやバースデーカード、とっくに日付の過ぎた教会行事のプログラムなどが全部いっしょくたに、表紙に〝ナガランド政府〟と書いた茶色いボール紙のファイル一つに詰め込んであった。かさかさと抗議の音を立てる紙を握りつぶして丸めてゴミ箱に投げ込んだ。

彼女は結婚を間近に控えていた。まもなく始める新生活に向けた準備の第一段として、数少ない持ち物の整理をしているところだった。数日前の晩に彼にプロポーズされ、そうすることはお互いわかっていたというように、彼女は照れながら承諾した。彼女は二十八歳で、顔にはまだみずみずしい若さとかわいらしさが残っていた。彼の方は、ぱっとしない男で、すでに四十代半ばだった。それでも彼女に不満はなかった。不満どころか、自分を求めてくれただけでありがたいと思った。彼女はずいぶん前から、自分の運命におそらく結婚という道筋は定められていないだろうと諦めていた。だから、彼が無職であることも、ほとんどいつも酒に飲まれることも気にならなかった。彼は彼女に妻になってくれと言ったのであり、それだけで彼の欠点はすべて帳消しになった。結婚に向けた段取りについて話し合っていたときの彼のいつになく神妙な様子を彼女は思い出し、愛しい気持ちが胸にこみ上げるのを感じた。「兄と大叔母に頼んで、正式にそちらの家の承諾をもらいに行ってもらうよ。ご両親に、今週の土曜にうちの家の者が行くと伝えてくれないか」と彼は言った。丁寧な対応に彼女は心を打たれ、ますます彼を大事に思った。まるで自分がよその家の守られた女の子と変わらず純粋で無垢であるかのようだ。ほかの男にそんなふうにされたときは、疑わしく思うことが多かった。いつも「あなた知らないの？」と訊きたくなった。

いつもの癖でつい延々と考えにふけってしまいそうになるのを打ち切って、書類をまとめて土間の地面にとんとんと打ちつけて揃えた。何気なくそうしたのだったが、はずみでふっと中くらいの大きさの新聞の切り抜きが抜け出て下に落ちた。〝父親が犯人を赦すと発言、娘への性的暴行事件で〃と見出しには太字で書かれていて、〃キリスト教の赦しの精神を究極の形で実践……〃という文面で記事は始まっていた。その先を読む必要はなかった。読まなくてもわかっていた。その切り抜きが地面に落ちる前から彼女は言葉の重みを感じていた。書類を整理している間ずっと、その存在をいやというほど意識していて、細心の注意を払って無視しようとしていたのだ。だが結局、それはこうして姿を現し、彼女に否応なく再びあの記憶に向き合わせようとしていた。彼女を打ちのめし、すさまじい腐臭のように彼女の人生につきまとって離れず、ほかの思い出をすべて完全に消し去った一つの記憶に。記憶というものが苦しみと喪失ばかりを大事にしているように彼女には思われた。さまざまな感情の奔流——長年慣れ親しんだ怒り、恥ずかしさ、裏切られたという感情が押し寄せた。頭を麻痺させるほどの恨みがこみ上げ、そうなるといつもひどい頭痛が襲ってくる。そうしたさまざまな感情が、今の幸せな気分をたたきつぶそうとした。

よれよれになった新聞の切り抜きを、汚いものを触るようにして取り上げ、マットレスの下に押し込んだ。自分がもうそれをファイルに入れて保存しておきたくはないことはわかっていた。それでいて、思いきって破り捨てる気にもなれなかった。その切り抜きを目の前にあるゴミ箱に入れてしまいたい衝動に駆られて抗いながら、はっと思い当たった。人間はどんなものにでも愛着を覚えてしまう。それはごく自然なことなのではないか。それだけ長く、それとともに生きてきたのだから。

その出来事があったのは十六年前、彼女がまだ十二歳のときだった。彼女をレイプしたのは父方の叔父だった。そのほかの詳しいことは時の経過とともにあいまいになったが、吐き気を催させるような叔父の体臭――汗と、卵を思わせるかすかな酸っぱさが混じった臭《にお》いと、寄せては返す熱い波のようにかかる荒い息遣いを、彼女は今でもはっきりと覚えていた。体の奥深いところの激しい痛み、体が引き裂かれるようなその感覚を思い出した。その体験の記憶は今なお彼女の顔を歪めさせた。そのとき彼女は一人で家にいた。叔父はその悪辣な行為を犯したあと急いで立ち去った。出ていく前に叔父は小声で何か言ったが、何を言われたのかは思い出せなかった。親切な近所の女の人が何ごとかと思い、彼女が家族と住んでいたこぎれいな三部屋の竹の家に入ってきて、彼女が部屋の隅に体を丸めて横たわり、呆然として泣いているのを見つけた。心配したその人に事情を尋ねられて、彼女は何が起こったかを話した。

事件が明るみに出ると、ナガ族の小さな村は義憤の声で騒然となった。現地の新聞が事件を報じ、さまざまな団体が激しい非難を表明した。それまで彼女の小さな村がそれほど注目を集めたことはなかった。病院で警察の人が彼女の供述を書き留めているそばで母親が自分を慰めていたときのことを彼女は覚えていた。どこかの女性の権利の団体から女の人たちが、わざわざ州都のコヒマから彼女に会いにきたことも覚えていた。母親はやけにありがたがってその女の人たちに応対し、そのおぞましい事件のことを詳細に、まるで自分が黙って目撃していたかのように語った。その出来事があったのは、もうずいぶん昔のことだ。彼女にはそうした一連の出来事が起こる前の人生も、その後の人生もあったのだから、その数週間が彼女という存在の物語を一言で要約したもののように感じられてしまうのが腹立たしかった。彼女はその後、新しい人との出会いを避けるようになった。新しい知り合いはきっといずれ、陰でこそこそ言うようになるだろうと思った。そうした人たちは、かつて彼女の体に起こったことのために彼女を知っていると思い込むようになるだろう。「あ、来た。あの子だよ」と言うだろう。「ほら、あのレイプされた女の子」

何年もかけて、彼女は折り合いをつけたとまではいわないまでも、自分に起こったことを受け入れるようになった。そのことを忘れていられるときもあった。村の川のほとりでほかの女の子たちと一緒に水を汲んだり服を洗ったりして楽しく過ごしているときは、自分がみんなの誰とも変わらず屈託のない女の子だという気がした。けれども、そうした明るい気持ちはいつも短い間しか続かなかった。「恥知らずだと思われるわよ！」と母親はいつもすかさず彼女に思い出させた。母親は彼女が原因で自分の一家に烙印が押されたことを嘆いてみせることを忘れず、それでいて誰にも、特に彼女には、その事件を二度と話題にさせなかった。その事件以来、母親は怯えた人間になった。自分の娘と感情的に距離を置いた関係を慎重に保とうとした。親しくするとつい気が緩んで事件について言い交わしてしまうのではないかと恐れた。具体的に何か言われることはなかったものの、彼女は母が事件のことを彼女のせいだと思っていて、彼女を責めているように感じることがあった。母親のひそかな目配せ、きゅっと引き結んだ口もと、顔をしかめる様子、細めた目の見通すような視線から、自分への批判を感じ取った。母ほど沈黙の意味を熟知している人はいない、と彼女は思った。やがて彼女もその沈黙の言語を身につけた。あの運命の日に起こった出来事を何度も思い返して苦しんだ。自分がもっと警戒して、もっと用心して、もっと強く抵抗すべきだったのだろうかと考えて苦しんだ。けれども何より苦しかったのは、もしあの日のこと、自分の人生のうちのたった一日のことを秘密にしていたら、人生はこれほど複雑にはならなかったかもしれないと思うことだった。もしあのとき最初に自分を発見したのが自分の母親だったら、もっと違う展開になっていただろうかとよく考えた。心のどこかに、体を犯されたことそれ自体については、きっといつか自分は立ち直れるだろうという思いがあった。ひそかにであれば、恥を耐え忍ぶことができる。世間がその恥を〝共有〟したからこそ耐えがたくなったのだ。

父親が叔父を赦すと決めたことを彼女はあとになって知らされた。世間の騒ぎが収まってからしばらく経った頃、父親が部屋に来てベッドの端に腰掛けた。父親は、赦すこと、正義、家族の名誉などについて語った。父親はたいそう深刻な声でたいそう多くのことを言ったが、そうした話をすべて聞いた上でも、最後に父親が言ったことは彼女にとって不意打ちだった。父親はもうすぐ話が終わることをそれとなく伝えるため、話しながらゆっくり立ち上がった。親として当然決める立場にあるという態度で、父親はこう言った。

「私はおまえの叔父を赦すことに決めた。だがおまえは今後一切あいつのことは心配しなくていい。あいつは二度とおまえに姿を見せることも連絡をよこすこともない」

その言葉を聞いて、それまで感じたことのない奇妙な感情が彼女の心の奥底で湧き上がり、不穏にうごめいた。十二歳の子供には対処しきれないほど複雑な感情だった。自分の気持ちを言葉にできないのがもどかしく、どうすることもできずにわっと泣き出した。善人だが感情を表に出さない性質《たち》の父親は、居心地が悪そうな様子で彼女を見て、重々しい声で言った。「いつかおまえも、こうするのが正しいと理解するだろう。憎しみは我々を破滅させるだけだ」父親は、叔父が刑務所に入れられることや村からも追放されることについて何か言った。けれども、どんな言葉も、父親に対する彼女の怒りと恨みほどの重みは持たなかった。その時点では整理できていなかったが、そのとき彼女が感じた未知の感情は、裏切られたという気持ちだった。「まるでお父さん自身が被害者だっていうみたいに」と彼女はその後何年もの間、疑問を投げかけるように何度も声に出して独り言を言うことになった。その晩、彼女は、特に生々しい悪夢を見た。夢の中で叔父の巨大な顔が自分の顔に押しつけられ、逃げられなかった。叫ぼうとしたが声が出なかった。そうするうちに敵の顔がゆっくりと変形し、愛しい父親の皺のある疲れた顔になった。

あれから十六年経った。快活で朗らかな子供だった彼女は内気で遠慮がちな人間になっていた。両親に対しては子としての務めに忠実な娘だったが、それ以上ではなかった。他人との関係は、せいぜい感じのいい人という印象を与える程度にとどまった。人にはいつも愛想よくしていたが、親しい友情を築くことはできなかった。自分をレイプした叔父が今は自由の身になったと耳にした。七年間服役していたという。彼女の人生を台無しにした代償が七年だ。しかもその後結婚までして、子供もいて、今では家族とディマプール地区に住んでいるという。彼女は苦々しい気持ちで、どういう人があいつと結婚したのだろうと思った。叔父に似た人を見かけると冷や汗が止まらなくなった。今になって、これほどの年月が経ったあとで叔父と顔を合わせることを考えると何よりも怖かった。そんなふうに常に不安を抱えていたせいで繰り返し悪夢を見た。理屈に合わないことはわかっていたが、彼女は疚《やま》しさを感じた。叔父に対してまでも感じた。まるで自分が辱められたことについて自分にも責任の一端があったかのように。

一番下を除いて、彼女の兄弟姉妹——女三人、男二人——は全員、結婚してよそへ移っていた。その誰とも彼女は特に親しくなかった。世界でただ一人、心から親しく愛しく思えたのは一番下の弟、ペレだった。ペレだけが、同情も批判もなく、彼女の周りに絶えず影を落としているあの事件の影響なしに、ありのままの彼女を見てくれた。信じられないことのように思えたが、十六歳の弟は彼女を姉として尊敬しているほどで、それで彼女はなおさら弟を愛おしく思えた。そして今、いよいよ彼女は結婚しようとしていて、それまでは残りの人生ずっとここで暮らしここで死ぬ運命なのだと思っていた家を、まもなく出ていく。結局自分もほかの女と同じじゃないかと実感した彼女の顔に苦笑いが浮かんだ。引っ越しにはそれなりの量の荷造りが必要になるものだが、彼女の場合、一番重い荷物は中身を確かめていないままだった。それはもう自分の一部になっていたから、置いていくことはできなかった。

「お父さんに新しいスーツを用意しないとね」母親が言った。彼女は顔を上げて母親を見た。母親は娘の結婚式の準備を手伝いながら、満足げな様子で米から砂利を取り除く作業をしていた。このときほど穏やかな母親を彼女は久しく見ていなかった。変わったのは自分だけではないことを彼女は悲しみとともに実感した。母親は、昔は温かく、むしろ威勢がいいといえるくらいの性格だったが、今では妙におとなしく、何ごとも悲観的に捉えるようになり、かつての物怖じしない人間とは別人のようだった。母親は三つの人格を持つようになったのだと彼女は思った。夫に対してはきつい女、子供たちに対しては耐え忍ぶ女、世間一般に対しては気弱な女だった。ずいぶん前に、父方の祖母に会いに行ったあと、両親が言い争っているところに出くわしたことがあった。竹の壁の向こうから立ち聞きしたことからすると、どうやら祖母があの事件のことを母親のせいにしたという話らしかった。

「わたしが母親失格だとお義母《かあ》さんに責められているのに、あなたはただ突っ立って、守ってくれもしないで！　よくも言ってくれたわね、わたしのせいで、娘が……！」並べ立てた怒りの文句はすすり泣きに変わり、母親は最後まで言うことができなかった。父親はこう返した。「大げさだな！　母さんはおまえのせいになんかしてないさ。するわけがないだろう？　母さんはただ、母親というものは若い娘を一人にさせないように気をつけないといけない、そう言っただけじゃないか！」彼女はそれ以上聞きたくなかった。小さな手で耳を塞いで寝たふりをして、そのうち本当に眠ってしまうまでそうしていた。

母親は鼻歌で優しい子守唄を歌いながら、きれいになった米を空《から》の米びつに入れた。母親は人の悪口を言わない人だった。昔は言っていたのかもしれないが、とにかく今は言わなかった。失うものが多すぎたのだろう。「みんなそれぞれ十字架を背負っているのよ」とあいまいに返すのが、誰かについて何か好ましくない話を聞いたときのいつもの反応だった。他人の悪口を言わなければ自分も言われないと期待している母親が、彼女には世間知らずに見え、哀れに思えることもあった。

黙って物思いに沈んでいた彼女は、母親の問いかけるような視線で我に返った。

「ねえちょっと！　しっかりしてちょうだいよ。お母さんが今言ったこと、聞いてた？　お父さんは花嫁と一緒に祭壇まで歩くんだから、ちゃんとしたスーツを用意しないとね」

彼女はいよいよ来たと思った。この件についてはあらかじめ心構えをしていた。

「そうだね。実を言うと、一緒に祭壇まで歩く役はペレに頼むつもりなの、お父さんじゃなくて」彼女は相手の反応を探るように言った。

「何をばかなことを言ってるの！　大事な役だもの、お父さんに決まってるでしょう」

「ううん、ペレに一緒に歩いて欲しいの。わたしの結婚式なんだから好きにさせてもらう！」彼女はきっぱりと言った。

母親は不満そうな顔で彼女を見たが、それ以上言い争おうとはしなかった。ただこう言った。「考えてみてちょうだい。お父さん、とても傷つくわよ」

彼女は母の言葉に残酷な満足感を覚えた。

弟のペレの反応は予想どおりだった。「姉《ねえ》さん！　もちろん、ぼくでよければ喜んで。でも、お父さんじゃなくていいの？」

「わたしはペレにやって欲しいの」彼女は頑固に言い張った。

「主役の姉《ねえ》さんがそう言うなら」弟は承知した。

今度は同じ満足感ではなかった。

婚約期間は長くない方がいいと昔から言われている。長くなると当人たちの気が変わったり噂が立ったりすると見越した知恵だ。そういうわけで、間を置かずに日取りが決められ、まもなく結婚式の準備が始まった。村の人たちがぞろぞろとやって来て仕事を分担した。男たちは披露宴会場となる急ごしらえの竹のあずまやを建て、そのあと祝宴のごちそうのために牛二頭と豚一匹を屠《ほふ》るのを手伝う。女たちは会場の飾りつけをし、料理と掃除を手伝う。村の人たちは、自分たちの村の〝悲劇の子供〟に対して労を惜しまず親切にすることで、いいことをしているという気分になった。花嫁になる当人はというと、ふだんは世の中を醒めた目で見ている彼女も、人間の善良さを改めて信じる気持ちになった。みんながこんなにあれこれ相談しながら忙しく準備に立ち働いてくれているのは全部わたしのためなのだ、そう思うと胸を打たれた。以前は険悪だった母親との関係もいつのまにかひとりでに修復されていた。母と娘がそのときほど互いに親しさを感じられたことはそれまでになかった。二人の関係にいつもあった緊張と心の奥のわだかまりが、彼女が婚約した日を境に解け始めていた。彼女が花嫁になるということがついに母親を不幸から解放したかのようだった。

短い婚約期間は、彼女が人生で一番幸せを感じられたときだった。そのぶん結婚式の日が近づいてくると彼女は一抹の寂しさを覚えた。幸せに影を落とすものはただ一つ、父親のことを考えたときのいつまでも治らない傷のような居心地の悪さだった。祭壇まで花嫁と一緒に歩く役を弟が務めると知っても父親は落ち着いて受け入れた様子だったが、内心落胆していることは彼女にはわかっていた。なんといっても自分の娘の結婚式なのだ。

彼が良い父親であることはわかっていたし、状況が違えば敬慕の気持ちを持っただろう。どれほど打ち解けない人間であっても、父親が正直で勤勉な男であり、全力で家族を養ってきたことは確かだ。父親が自分の決心を彼女に伝えたあの晩、父と娘は見えない壁で隔てられた。二人が事件のことを話題にしたのはそれが最後になった。最初の数カ月、彼女は怒りのあまり断固として父親と口を利こうとせず、父親は娘の気が済むようにさせた。時が経ち、思春期に入ると、あまりに恥ずかしくて自分からそのつらい話題を持ち出せなくなった。父親の方から行動を起こしてくれるのを待った。父親の内向的な性格を理解した今は、そんなことを彼に期待するのが愚かだったと思う。そういうわけで、語られるべきだった言葉は語られずに封じ込められ、その封じ込められたものが、奥深くに蒔かれた恨みの種に毎日水をやった。彼女は、無意識のうちに、娘と一緒に祭壇まで歩く権利を父親から奪うことで、彼女に対してなされた罪を赦す権利を彼女から奪った父親を、彼女なりのやり方で罰したのだった。そして彼女の決定を父親が落ち着いて受け入れている様子を目にした今、彼女は父親がどれほど傷ついているのだろうかと疑問に思った。自分が父親に傷つけられたのと同じくらい深く父親を傷つけることができただろうか？　そのことが、まだ片がついていないということが、彼女を悩ませた。ついに彼女は、自分がどう感じたか、どういうわけで父親に裏切られたと感じたかを父親に話そうと決心した。抑え込んできた気持ちを何もかも話そうと思った。それが済んで初めて、ずっと追い求めながら手に入らなかった心の平安を得ることができるだろう。

結婚式の前の晩に話をする機会がありそうだった。明日は大事な日なのだからゆっくり休んでよく寝ておきなさいと言われ、彼女は早く帰らされた。母親と弟と、結婚式のために家族を連れてやって来た既婚の兄弟姉妹は、まだ披露宴会場にいて最後の手直しをしていた。父親が家に一人でいることはわかっていた。あらかじめ頭の中で、具体的にどういう言葉を使い、どう切り出すか、慎重に予行演習をした。そうしているうちに家の近くまで来た。鼓動が速くなったので、玄関の前で立ち止まり、しばらくそこにいた。張り詰めた神経を落ち着かせようと深呼吸していると、喉につかえるようなかすれた音が家の中から聞こえ、どきりとした。静かにドアを開けて中に入ると、言葉にならない声と、とぎれとぎれのむせび泣きが聞こえた。その音は両親の寝室から聞こえてきていた。胸の中で心臓が脈打つのを感じながら彼女は部屋の中を覗き、身動きできなくなった。父親は、ぶざまな格好で椅子に腰掛けて泣いていた。両肘を膝に置き、うなだれた頭を両手で支えていた。早々と白髪の増えた頭が目立っていた。傍らのベッドには、結婚式で着る新しいスーツと、しわくちゃになった教会の挙式の式次第が載っていた。父親が何か強い感情を表すのを、ましてや泣くところなど、彼女は生まれてから一度も見たことがなかった。その光景を目にして、彼女はいたたまれない気持ちになると同時に当惑した。どうしていいかわからなかった。

父親は彼女がそこにいると気づいていなかったので、彼女はそっと後ずさりして自分の部屋に逃げ込んだ。呆然として自分のベッドに腰掛けて気持ちを落ち着かせようとした。がらんとした部屋を見回した。持ち物は全部片づいて、鞄が三つベッドのそばに整然と積み重ねてあるだけだった。彼女が二十八年間ここに存在していたという物質的な証拠はすべてその三つの鞄に収められていた。昔父親が使っていたくたびれたＶＩＰ製*スーツケースと、二つの色鮮やかなバッグ。一つは彼女が前から持っていたもの、もう一つは両親からの結婚祝いだ。彼女は心の中で、新しい生活に持っていくもののチェックリストを作った。まもなく夫となる人は、一緒に過ごすうちに、思いのほか優しく思慮深いところがある人だとわかった。欠点はあるけれど、彼はわたしを幸せにしてくれるだろう。あとは自分自身が幸せになろうとするかどうかだ。彼女の思いは、二つほど部屋を隔てた先で悲嘆にくれる姿に向かった。父親の深い悲しみの原因は自分にあると彼女は直感した。目を閉じた。体が震えた。そのとき彼女は自分が何をしなければならないかを悟った。彼女は初めて、ずっと前にすべきだったことをしようという気になった。右手がマットレスの下を探り、長くそばに置きすぎたあの新聞の切り抜きを取り出した。彼女は初めて、自分を見つめ返してくるその記事の言葉に恐れを感じなかった。彼女はあまりにも長く、被害者の役を演じようとしてきた。終わりにするときが来た。彼女は台所に歩いて行き、彼女に罪を背負わせるその紙切れを囲炉裏にくべた。炎がほんの数秒のうちにそれを焼き尽くす様子には目もくれなかった。

しっかり前を向いてきびきびした足取りで一歩進むごとに、心の周りに周到に張り巡らされた壁が軽くなるようだった。レンガが一つまた一つと剝がれ、崩れていった。それまでに感じたことのない自信を持って最後のドアを開けた。父親が顔を上げてぎこちなく立ち上がった。父親は恥じることなく彼女に顔を向けた。大の男が、涙と鼻水が頰を伝うがままにしていた。二人は抱き合い、父親は娘の額にキスをした。その愛情のこもった仕草に、もはや言葉の世界は意味を持たなかった。

明日は今日とは別の日で、新しい日になれば新しい困りごとも出てくるだろう。それでもなぜか、今の彼女には自分はきっと大丈夫だろうと思えたのだった。これまでつきまとって

＊ＶＩＰは、インド最大の旅行鞄メーカー。

離れなかった、どこかでばったり叔父に会ったら、という不安についても考えたが、もう恐怖に陥ることはなかった。実際のところ、叔父に会うことを望んでさえいた。そのときは、堂々と頭を上げ、相手の目をしっかり見てやろう。叔父は自分が彼女を〝破滅〟させなかったこと、自分の悪が彼女を汚さなかったことを知るだろう。彼女は自分の疲れ果てた魂を長く苦しめてきた悲痛がなくなった喜び、その悲痛から解放された喜びに浸った。生まれて初めて、ようやく彼女は自由だと感じた。

初出：The Power To Forgive and Other Stories（Zubaan, 2015）

いけない本

ナロラ・チャンキジャ

高校生の頃、母はわたしにはっきり宣言した。母が読んでよいと認める本は二種類しかない——聖書と、学校の教科書だけだと。その他の本はすべて、〃いけない本〃に分類された。わたしのバプテスト派信徒としての養育と経験を豊かにするものでなく、学業に役立つわけでもない読み物は何であれ、ひとくくりに〃いけない本〃ということになった。

当然のことながら、一九八〇年代から九〇年代にナガ族の女の子として育ったわたしは、手に入れられる限り多くの〃いけない本〃を手に入れようとした。そして、ニーズがあるところにはそれに応える誰かが現れるものだ。

ディマプールの市街に小さな露店の貸本屋がいくつかあった。商店と商店に挟まれた暗い隅っこにひっそりとあるそうした貸本屋は、インド人の個人経営で、ごく低料金であらゆる種類の本をあらゆるタイプの好奇心旺盛なナガ族の読者に貸していた。限られたお小遣いしかない女子高校生であり、本物の俗悪《パルプ》な読み物に飢えていたわたしにとって、貸本屋はそうした渇望に応えてくれる場所だった。その頃、ミルズ＆ブーンのロマンス小説が大人気で、ハーレクインやその類のセクシーなロマンス本も大はやりだった。そのほかに人気があったのは、イタリアのフォトロマンス雑誌*、イギリスの少女漫画、アーチー、タンタン、アステリックス、ザ・ファントム、マンドレイクといった漫画、それからアメリカやヨーロッパからのすべてのファッション雑誌だった。発売から一年以上経っていても誰も気にしなかった。〝貸し出し図書室《レンディング・ライブラリー》〟とも呼ばれる貸本屋のほかにも、ミルズ＆ブーンのファンによる秘密のネットワークがあり、そこでわたしは年上の従姉から本を借りて友だちに回したり、わたしよりもずっとたくさん本を集めている女の子たちと読んでいない本を交換したりした。わたしたちバプテスト派の女の子たちがなぜそうした本を求めるのかという疑問が頭をよぎったことはなかった。そうした疑問について考えてみる気になったのはずっとあとになってからだ。

　背が高くて髪と瞳が黒っぽいハンサムな白人の男の人が、ブロンド、ブルネット、赤毛、または栗色の髪のヒロインを初めは小馬鹿にして見向きもしなかったのに、やがて不思議なことに情熱的に愛するようになる、そういう話だから読みたかったのだろうか？　自分たちとはまったく違う西洋の異国情緒に夢中になっていたのだろうか？

読者であるわたしたちは、ミルズ＆ブーンのロマンス小説の主人公たちとは似ても似つかなかった。そうした本の中の世界について何も知らなかった。シャンパンの味、イブニングドレスの着方、ビジネスミーティングでの話し方、ギリシャの島の近くの海での泳ぎ方、牡蠣《かき》の食べ方、カクテルシェイカーとはどういうものなのか、〝the Tube〟**とは何のことなのか、何一つ知らなかった。そうした白人の世界を知らないまま、そうした世界についての本を静かな寝室で読みふけっていたのだ。

自分がその種の本をなぜ読んでいたのかはわかっている――刺激の強い、きわどい部分、男性が激しく情熱的に女性と愛を交わす場面を読むためだ。ほかの女の子たちはどうだったかわからないが、わたしはその頃まだ初心《うぶ》で、そうした営みの仕組みがまだよくわかっていなかった。ただ、体の〝下の方〟の部分が関係するんじゃないかとは思っていた。それで、その場面のようなことが今自分に起こっているんだと想像しながら、おそるおそる自分の体

＊　ロマンス小説を漫画の形式にし、絵の代わりに写真を使って構成したもの。
＊＊　ロンドンの地下鉄の通称。

に触ってみたりした。

だがそれだけでは足りなかった。わたしは何かもっと読み応えのある本はないかと探し回り、アバオ*の本を見つけた。シドニィ・シェルダン、ハロルド・ロビンズ、それにフェミニズム以前のB級スパイ小説や探偵小説は、慎みのある言葉というベールを剝ぎ取って、さまざまなものをむき出しでわたしに差し出した——ペニス、オーラルセックス、グループセックス、乱交、レズビアンセックス（何それ？）、陰唇、陰門、うんちの穴にチョコレート（罪悪だ！）、「ファックして」だとか「ファックしたい」などと言い、それでいて話の結末で不幸にならず死にもしない女性たち（それで神様に懲らしめられないの?!）。わたしはそうしたさまざまな事柄についてびっくり仰天して目を見張って読んだ。

俗悪な読み物も質の高い文学も、驚くほど多様なものがナガランドに入ってきていたことを考えると、さまざまなものが文化の間を行き来するさまに圧倒される思いがする。物や素材や人々が、見咎《とが》められることなく穴だらけの境界線や検問所を通過し、検閲や監視の目をかいくぐって行き来しているのだ。

いってみれば、大衆文化の取引、盗用、海賊行為、何でもありの無法の東方《ワイルドイースト》だ。

今のわたしのような読者が育つにはまさに理想的な環境だったといえる。

だが当時はそんなことを考えていたわけではなかった。

わたしたち（わたし）は、ナガランドとナガ族文化の外の世界を見せてくれるものであれば何でも貪欲に求めた。わたしたちは部族世界、〝指定部族**〟の世界に暮らしていて、わたしたちの内部の現実と、外側はぶつかりあっていた。わたしたちは昔の首狩り族の末裔だったが、インド政府が気前よく提供してくれる資金に頼って生きていた。わたしたちは平地人《ツマー》***とは違っていたが、ツマーたちはここにいた。マールワール出身の実業家が経営する店にも、南インド・カトリック教団が運営する学校にもいた。狭い山道をガタガタと下っていくアッサム・ライフル部隊****の軍用トラックの列の中にも、コヒマ、フェク、トゥエンサンの丘の上の野営地にもいた。ナガ族の反政府分子がいないか見張っていたのだ。

二十世紀の現代生活が、伝統的で慣習に縛られた考え方や行動とぎこちなく共存していた。日曜日の教会では、大物政治家や警察のトップには決まって最前列の席が用意された。教会の青年部ではよく男子と女子が混じってチュムケディマのチャテ川の近くにピクニックに出かけたが、そこでいちゃついたりからかったりする振る舞いはまちがいなくアメリカのティ

＊　父親を指すアオ・ナガ語のチャンキ方言。

＊＊　インドの法律で社会的弱者として保護の対象となる少数民族として認定されている部族のこと。

＊＊＊　平地に住む人。（インドの）本土の人。

＊＊＊＊　英植民地時代に編成されインドに引き継がれて現在も存続する準軍事組織。

ーン向け映画から借りたものだった。わたしたちは教会では福音の歌を歌い、家ではマドンナやマイケル・ジャクソンを聞いていた。白状するとわたしは、サマンサ・フォックスを（母が嫌がるので、それが面白くてわざと）聞いていた。これはどんな文化や背景のもとで育ったにしても同じだろう――現実から離れて自分の世界とは違う世界に逃避する必要があるのだ。

興味深いことに、自分がいつからちゃんとした本を読むようになったのかは思い出せない。子供の頃、寝る前に親から読み聞かせてもらい、それで読めるようになったという人もいるが、わたしがそういう形で読むことを覚えたのではないことは確かだ。六歳のときから寄宿学校で暮らしていたので、そのような親子の関係を築くことはできなかった。それに、わたしの両親はそうしたことにそれほど重きを置いていなかったと思う。毎日聖書を読み、家族で祈りの言葉を唱えるだけで十分だと思っていたのだろう。昔の写真には、六歳か七歳か、何歳かわからないがとにかく子供の頃のわたしが、薄いハードカバーの本を何冊か胸に抱えたり、漫画本を掲げたりして写っている。その頃にはもう字が読めたのだろうか？　ひょっとするとそうかもしれない。挿絵を見るのも好きだったにちがいない。

しかしやはり、本を読むようになったのは寄宿学校でのことだろうと思う。シロンにあった学校の思い出には、楽しいイメージとあまり楽しくないイメージが入り混じっているが、その学校にごく小さな〝図書室〟があったことは、ある程度はっきりと記憶にある。その図書室がどんなところだったか、描写してみよう。正確でない部分もあると思うが、だいたい次のような感じだった。〝女子寮と男子寮の間から始まる廊下がある。その廊下の片側に、校長室と宿舎の部屋のドアが並んでいる。そこへは、何か大変なことをやらかしたときか、ピアノのレッスンを受けるとき以外は、誰も行くことはない。その廊下の反対側にひっそりと、ガラスの扉がついた木の棚が一つか二つあり、その周りにいくつか読書用の机と椅子がある。その机と椅子は十年生以上の上級生の男子と女子のためのもので、上級生たちを教えるのは主に校長先生だ。上の学年の生徒数はそれほど多くなく、その廊下で少人数の授業が行われている。〟

おそらくそこが、わたしが〝いけない本〟と初めて出会った場所だと思う。その日はおそらく静かな土曜日で、生徒たちは外に出て校庭で、あるいは寮の部屋で、それぞれ思い思いのことをして過ごしていた。わたしにわかっているのは、気づくとその暗い廊下にいて、木の棚の前に立っていたということだ。おとぎ話を集めた本の銀と青の背表紙に引き寄せられたのを憶えている。どのようにして扉を開けてその本を取り出したのかは憶えていない。

ただ、上級生用の机にその本を置いて開いたのは確かだ。縁が銀色になっているページをゆっくり一枚また一枚とめくり、黒い文字と、白雪姫、ベル、シンデレラやその仲間たちのカラー挿絵をうっとりと味わった……ふと顔を上げると魔法が解けた。厳格な顔の校長先生の目を見つめた。高い窓から午後の光が差し込み、目尻の吊り上がった眼鏡がきらりと光った。校長先生は何も言わなかった。わたしもたぶん何も言わなかったと思う。本を机に置きっぱなしにして、あたふたと必死で逃げ出したのだ。ずいぶん昔のことだ。まだ八歳くらいだったはずだ。校長先生のような大人がわたしのような子供のことをどう思うかなど、何もわかっていなかっただろう。

わたしの人生の多くの節目節目に本があったし、そうした本がわたしの人生にやって来た道筋も節目節目にあった。本を友として育った人ならだいたい誰でも同じだろうと思う。わたしは自分を特別な存在だと思いたいが、それと同じくらい、自分がごく普通の読者、やんごとなき女王様でも何でもない読者であることもわかっている。

それでも、ナガランドで育った人間として、本の話、読み書きの話となると、ナガ族に特有の場所、時間、状況といったものがあることを認めずにいられない。

兄（十一歳）とわたし（九歳）が寄宿学校から出される頃には、わたしは地元のチャンキ村の方言を話せなくなっていた。わたしに残ったのは英語と、ある程度のナガミーズ*と、読みたいという渇望だけだった。わたしが最初に読んだ〝ちゃんとした〟お話は、聖書からのお話だった。ノアやモーゼの話、アブラハムとイサクの話、ルツの話、ダビデとバテシバの話……をカラーの挿絵のついた子供向けの版で読んだ。それからイーニッド・ブライトンの児童文学と、ハーディー・ボーイズやナンシー・ドルーの少年少女探偵シリーズを読んだ。ただ当時、ディマプールにたった一軒あったちゃんとした本屋でもそれほど品揃えが豊富ではなかった。だから、父《アバオ》さんが警察の仕事でデリーやカルカッタ**に行くときは必ず、買ってきて欲しい本をメモした紙を持って行ってもらい、わたしは熱に浮かされたようにそわそわして父《アバオ》さんの帰りを待った。父《アバオ》さんが帰ってくるのはたいていわたしが学校に行っている間か夜遅くわたしが寝たあとだったが、頼んだ用事は必ず果たしてきてくれた。そういうわけでいつも――新しい色とりどりの冒険物語がやって来た。そうした物語は、わたしをイギリスやアメリカの子供たちの世界に連れて行ってくれた。物語の中の子供たちは魔法の国で冒険をしたり無人島や神秘的な村や人里離れた洞窟で謎を解いたりし、ジャムドロップスやスコーンやバーガーやピーナッツバターサンドイッチといったすばらしくすてきなものを食べた。りんごまでも、〝アップル〟という響きだけでおいしそうに感じられた。

子供にとっては、自分が読む本の中で大事なのはそうしたことだけだった。大人になった

＊　アッサム語から派生した語で、ナガと総称される諸部族の間の共通語となっている。

＊＊　コルカタ。インド・西ベンガル州の州都。「カルカッタ」は英語化された呼称。

今は、そうした物語を黄色い肌をした部族の少女が読んでいた、というより崇め奉っていたことに、皮肉めいたものを感じる。そうした物語の白人作者は今では人種差別や偏見という批判を浴びているのだから。

それに、差別や偏見に陥る危険があるのは白人だけではない。部族世界に生まれた人間が、ビリー・グラハム印《*ブランド》のキリスト教を信仰する世界に育つと、おかしなことになる。たとえば、父《アバ》さん《オ》に気づかれずに見つけて読んだ、父《アバ》さん《オ》のあの俗な〝いけない本〟たちのことだ。ある日、わたしはもうたくさんだと思ったらしい。この本たちは悪い本だ。そして自分はバプテスト派の良い子だ。というわけで、ある晩わたしはロビンズとシェルダンの本を全部集めてこっそり燃やした。それらが父《アバ》さん《オ》の本であることや、それをどうするかをわたしが決める立場にないことは関係なかった――とにかく、こういう本は〝罪悪〟なのだから、絶対に燃やしてしまわなければならない。そのときわたしは知らなかったのだが、父《アバ》さん《オ》は何年か前にも、アラオ《**》に同じようなひどいことをされていた。そのときは、ルイス・ラムーアのカウボーイウエスタン小説のシリーズ全作を、キリスト教徒にふさわしくない本だからということで燃やされたという。一年くらいの間、わたしはキリスト教がテーマの読み物と、『神はなぜ異教徒を見放されるか(1)』といったバプテスト派の小冊子くらいしか読まなかったと思う。その小冊子で語られる考え方にわたしは馴染めなかった。その話の何かが正しくないと感じられ、本当の意味でキリスト教徒らしい、愛あるものだとは思えなかった。そうした点にひっかかりを感じながらも、わたしは小生意気なバプテスト派信徒となり、従兄弟たちが「くそ」とか「ちくしょう」とか悪い言葉を使うのを聞きとがめてはたしなめた。聖書キャンプに出かけ、イエスについて〝証《あか》しをした〟***。教会の青年向け礼拝で大きく響く声で聖書の句を暗唱し、青年聖歌隊で熱意を込めて歌った。年若いバプテスト派信徒であることに全身全霊を注いでいた。

なぜ読んで〝いい本〟と〝いけない本〟があるのだろうという内心の疑問は消えていなかったが、その頃はまだ知的に未熟だったので覚悟を決める勇気がなかった。一度、やってみようとしたことはある……バプテスマを受けることになっていた日の前日、自分にはまだイ

＊　アメリカの著名なバプテスト派牧師で、一九七〇年代にナガランドを訪れて伝道集会を開き熱烈な歓迎を受けた。

＊＊　母親を指すアオ・ナガ語のチャンキ方言。ロンチャリ氏族の女性に対してのみ使われる。

＊＊＊　イエスが救世主であると認識するに至った経緯を人前で語ること。

原注1　わたしの記憶ではこういうタイトルだったのだが、これが正しいかどうかは定かでない。グーグルで検索してみると、「神は異教徒に対して不公平か？」という記事が見つかった。著者は、アメリカはミネソタ州の田舎のどこかにあるバプテスト教会の牧師とのこと。いずれにしても、伝えようとするところは本質的に同じ——神は異教徒を見放される、なぜなら異教徒は異教徒に生まれたから、そして決して救うことはできないから、というものだ。

エスに忠誠を誓いイエスを救世主として受け入れる心の準備ができていないと打ち明けた。もう少し時間が欲しいと言った。青年部のリーダーは、予定どおり進めた方がいいと諭し、バプテスマを受けずに済ませるより形だけでも手順を踏んだ方がいいと言った。それでわたしは、気が進まないまま、すっきりしない気持ちで、チャテ川で浸礼*をしてバプテスマを受け、天国への切符にスタンプを押してもらったのだった。

やがて、物事は移りゆき、何かが変わった。わたしが成長したということもあるだろうし、単にキリスト教の読み物だけを読むのに飽きたということもあるだろう。どこかで父《アバオ》さんが一役買ったといえるかもしれない。長年父《アバオ》さんは『タイム』、『ナショナルジオグラフィック』、『フロントライン』**、『ニューズウィーク』、さらには『リーダーズダイジェスト』といった雑誌の定期購読を続けていた。また、さまざまな百科事典、類語辞典《シソーラス》、辞書、それにリーダーズダイジェスト社が父《アバオ》さんのようなとびきり忠実な顧客に勧めていた〝フィクション〟の縮約版シリーズを買い揃えていた。

そうしたすべての雑誌が家に満ち溢《あふ》れ、わたしの頭には、世界共同体の一員として、いま現在において書いている人々、わたしたちが住んでいる世界について発言している人々の言葉が満ち溢れた。父《アバオ》さんが〝いけない本〟の価値を信じていたことが今でははっきりわかる。そうした本こそが、自分が住んでいる世界の姿をその恐ろしくかつ美しい矛盾とともに見せてくれるのだから、その価値を信じずにいられるはずがないと思う。ナガランド警察の警察官としての仕事上、人間の振る舞いの最善のものと最悪のものを目にせざるを得なかった父が、そうした本をもっと読みたいと思わなかったはずがない。

　だがこうしたことは、父が考えていたかもしれないと、わたしが想像しているだけだ。重要なのは、書かれた言葉に対して父が抱いていた敬意は、〃カトリック〃という言葉が本来意味するところの〃あまねきもの〃だったということだ。文学であれ通俗小説であれ、あらゆる〃いけない本〃を、それぞれ独自の価値のあるものとして評価し、読み、味わった。わたしも今では、本に対して、人生に対して、そして他の人間に対して、同じようにあまねく、すぐに判断を下さずじっくり構える姿勢を身につけたと思いたい。少なくとも、評価すべき価値のあるものを評価し、そうでないものはそっとしておくやり方を心得た人間でありたいと思っている。父さん《アバオ》はもうこの世におらず、母さん《アラオ》は、今、父さん《アバオ》と過ごした時間と彼が生きていたことを思い出させてくれるものは何でも、ごく些細なものでも大事にしようとしている。そういうわけで、あの雑誌類の定期購読を母さん《アラオ》が解約するまでにしばらくかかっ

＊　全身を水に浸すバプテスマ（洗礼）の儀式。
＊＊　インドの英字時事雑誌。

た。そして家族の蔵書のどこかに、あの古い雑誌、古い本、そしてわたしたちが断行した細《ささ》やかな粛清をしぶとく生き抜いたものたちがいる——そうしたものたちもいずれはより良い場所へ行くだろう。だがその前にわたしは、そうしたものたちに、今では忘れられた彼らの仲間の本たちにずいぶん失礼な振る舞いをしたことについて赦しを請いたい。

（エッセイ、二〇一八年九月）

アルナチャル・プラデーシュ州からの文学作品

アルナチャル・プラデーシュ州からの文学作品について

ここに紹介している物語は、『言葉の継承――アルナチャル・プラデーシュからの文学作品』と題された作品集から抜粋したものだ。アルナチャル・プラデーシュ州は、インド北東部に位置する州で、人口の大半が文字を持たず、おそらく最後の世代となるシャーマン僧や吟遊詩人によって語られる歌や物語を除いては、文字による文学伝統の足跡が残っていない。この本は、インド北東部にあるズバーン社と笹川平和財団の文学コラボレーションの一環としてまとめられたもので、わたしが作業を始めたとき、作家たちは大喜びで、その反応はわたしの励みになった。

笹川平和財団との共同プロジェクト「平和の香り」は、インド北東部の現在の文学状況を把握し、母語以外の言語で執筆する作家に新たな道を開く方法だった。この初めてのアンソロジーは、文字で表現されたことのない過去から現在に至るまでの社会の変化の軌跡を垣間見せてくれる。環境、ジェンダー、開発、孤立といった現代の関心事を第二言語または習得した言語で表現できる今、物語は過去と現在の間を行き来しながら追憶、想像、愛、希望の風景を作る。そして、わたしたちの物語は失われることなく、世界の物語の一部となる。

ママング・ダイ

ママング・ダイが、ズバーン社と笹川平和財団から出版された『言葉の継承――アルナチャル・プラデーシュからの文学作品』のために選定、紹介した作品。

夜と私

ネリー・N・マンプーン

帰宅して重たい鍵を開け、誰もいない部屋の明かりを点けた。リュックサックから携帯電話を取り出し、少しだけいじる。メッセージが来ているかもしれない。通知ゼロという嬉しくもない結果を確認し、いまいましい携帯を傍らのテーブルに置いた。

ラウンジチェアの横を通り寝室へ行き、とにかく楽な服に着替えてリビングに戻る。

携帯が震えたような気がして、もう一度手に取った。どうでもいいメッセージが二、三通。

お気に入りの赤いキルトをソファに放り投げて、お酒の隠れているキッチンへ向かう。私にだけは見つかるまいと、隠れているのだ。クリスタルのグラスの代わりにマグカップを手に取って、クラブで出される六〇ミリリットルを目分量で注ぐ。

私はウィスキーをひと口すする。高価だから口当たりは良いけれど、格好つけてぐいぐい飲むと、喉が灼けて最悪な気分になる。氷の塊をいくつか入れれば、静かな夜の準備は整う。リビングに戻り、綿入りのマットレスの上でキルトを引き寄せ、くつろぐ態勢をつくる。パティオに置けそうな大きさのコの字型ソファに囲まれ、空いている方向にテレビを設置すると、まるで要塞に籠っている気分になれる。

そのとき近所の犬が吠え始め、彼の到来を告げる。

不意に、そっとドアをノックする音が聞こえ、私は仕方なく自称隠れ家から這い出した。彼は冷たく、いつも黒ずくめで、ほとんどしゃべらない。静寂を愛しているのだ。いつも通りスイッチに向かい照明を薄暗くする。光で目が痛くなるのだと彼は言う。

私はテレビをつけて、音楽の鳴っているチャンネルに合わせた。黙って座っていることが多いので、沈黙を紛らわすには音楽がいい。視界の片隅で彼を眺めながら、心の中で反芻する。自分は彼じゃない。彼になりたいわけじゃない。なのに、彼の静けさがこんなにも心に刺さるのは何故だろう?

ぐるぐると思考を巡らせている間に彼はキッチンに消え、ウィスキーの入ったグラスを片手に戻ってきた。いつもお決まりの六〇ミリリットルだ。

私は罪深い時間に戯れのおしゃべりをするのも好きだったが、夜も彼も深い闇に包まれてゆく中で、野蛮なことはしたくなかった。だから私たちは、インド占星術でいう「月が孤立する寂しい者」同士、言葉ではなく身体と心の動きで対話する。

ウィスキーのお代わりを要求する彼に、私は従う。半分空いた七五〇ミリリットルのボトルを抱えてさらに杯を重ねる彼に、私は応じる。本棚に置いた時計がいつもより早く進んでいるような気がした。夜が少し薄まり、白けた色に変わりゆく。

私は彼にしがみつく。震える彼の黒曜石のような瞳が潤み、すすり泣きが沈黙を破る。抱きしめられると、彼の感情が致死量のコカイン注射のように私の血管を巡る。二人きりで横たわる私たちはくたくたで、外の世界に対し頑なに心を閉ざしていた。

時は過ぎ、夜が明ける。傍らには一枚のメモ。「闇が訪れたらまた来る」

消された炎

レキ・スンゴン

「オー・アーノ・ノルブ！　アハン・ネ？」おーい、アヌ[1]・ノルブ、元気かい？

リンチンおじさん《アカ・リンチン》の声が眩しい夏のざわめきを一刀両断するかのように響きわたった。ノルブは左右をきょろきょろきょろ見回し呼びかけの主を探した。「アヌ！　こっちだよ！」その声は前方から聞こえる。手をかざして目を細めると、まばらな口髭《ひげ》を生やした痩せぎすの男がいた。父方の祖父の甥で、彼女の「おじ」だ。ノルブは以前父親に聞かされた話をもとに、頭の中ですばやく家系図をたどった。父は複雑な家系図を描きながら、一族の系譜が男たちによってのみ紡がれてきたという、コミュニティの歴史背景にある父系原則についても語った。親族の系図の中で、女性は一時的にしか存在しないメンバーだった。こんな家系図は不完全だと、ノルブは思っている。母親や娘は、絶滅した鳥の退化した翼みたいにぶら下がっているだけなんて。彼女は無意識に後の世に思いを馳せ、もやもやを募らせていた。

夏休みが近くなると、陽気な父親が癇癪もちで短気なかみなり親父に変貌する。父はその頃、自分がよそ者と結婚したせいで将来子どもたちが故郷で苦労するのだという事実に気づいたのだろう。地元に残った兄弟にこれ以上非難されないよう、父は子どもたちを連れて毎年故郷の村を訪れていた。夏休み前になると、父は必ず子どもたちに家系図と一族の歴史を教え込もうとした。ノルブ、父、弟のラクパの三人は、講義のたびにフローチャートとローマ字で書き殴ったチベット名でノートを一冊使い切った。二度目の夏にはもう、完全に家族休暇の恒例行事と化していた。弟と違い、ノルブは熱心に父の一族に関するあらゆる知識を吸収した。特に興味を引かれたのは婚姻の規則だ。婚姻によって、各々の呼称と親族関係の儀礼的な地位が決まるのだ。ノルブはよく弟と競い合って、遠縁の親族呼称を当てるゲームをしたものだ。「アザン」[2]ではなく「アカ」[3]と呼ばれる関係にあるのは誰か。けれども、家系図の中でノルブと母親は、別の一族やコミュニティにつながる小枝に過ぎないと知ったとき

原注1　シェルドゥクペン語で「姉妹」や「娘」などの女性を指す汎用的な呼称。
原注2　母の兄弟または父方のおばの夫。
原注3　父の兄弟または母方のおばの夫。

は裏切られたような気持ちになった。父は彼女の懸念を理解していたが、説明するには十年早いだろうと判断し放っておいた。今はとにかく家系図を正しく覚えることに集中してほしかったのだ。ノルブのもやもやはそのときに生まれた。

まばらな髭の痩せた男は「アザン」ではなく「アカ」のはずだ、と確信する。

咳払いをして、胸いっぱいに空気を吸い込み、彼女は叫び返した。「アハン・アカ！　ナン・アハン・ネ？」私は元気です。あなたはどうですか？　聞き慣れていても異質な言葉が口から飛び出した。自分の声で口蓋がひりつき、肺はもう限界だった。シェルドゥクペン族の間では、流れの速い川近くに住む者ほど必要に駆られて大きな声が出るという言い伝えがある。そうでなければ、川の向こうにいる友人や家族に気づいてもらえないからだ。スマートフォンやインターネットが普及した世代にも、面白い小話として今も語り継がれている。ここの川も流れが速い。

「ム・アンバ？」何だって？　リンチン《アカ・リンチン》おじさんが大声で気楽に問い返してきた。おじさんの声は自分と違い何てよく通るのだろうと、ノルブは感心せずにはいられない。普段コンクリートの建物と、アスファルトの大通りと、舗装された道路に囲まれて暮らしているノルブには、この距離を届かせる声はとても出せなかった。

ノルブはおじさんのいる中庭まで走っていき、自分は元気で相手はどうかと、一文にまとめて尋ねた。「ナン・アハン・アハン・ネ?」

「アハン・バ！　アドゥ・ランバ?」いつ来たんだい？

やばい。知っている単語が一つもない。わからない言語の中にも「デリー」、「アマ（母）」、「アチ（父）」、「アヌ・カオ（姉）」、「学校」など、馴染みのある単語はよく紛れ込んでいるのに。ノルブは限られたシェルドゥクペン語を懸命に思い浮かべた。結局、セトゥの住人なら誰でもわかるヒンディー語に切り替えて、「両親は元気です」と、もごもごつぶやいた。

「いつ来たのかって聞いたんだよ？　ほら、やっぱりもっとちょくちょく村に来るべきなんだ。お父さんに言葉を教えてもらいなさい」おじさんはそう言ってから、子どもを落胆させたことを謝罪するかのように付け加えた。「自分の言葉を知るって楽しいだろう?」

「はい」と、ノルブは三日月のように目を細めて、偽りのない満面の笑顔を浮かべた。

「カクン*とバター茶はどう?」

彼女は熱心に頷いた。お菓子を食べてこのきまり悪い状況を抜け出せるなら、断る理由はない。美味しいならなおさらだ。

おじさんは新しく割った薪の山の上に斧を置いた。太陽の下で乾燥した薪が、大理石の中

＊　平たく乾燥させたトウモロコシ。

庭の奥にきっちり積まれていた。おじさんの息子ペマ・スィリンとペマ・カンドゥは、二人とも土木技師として公共事業部で働いている。自立して成功している若者は、村でも尊敬される立場にいた。社会的地位と世俗的成功は必ずしも一致しない。善く生きる者の最優先事項は、両親や家族に尽くすことだ。二人の息子たちはとても善く生きていた。中庭に入ると、おじさん《アカ》の隣にイェシおばさん《アトゥン・イェシ》がいたので驚いた。おばさんは新鮮なタムル*をくるみ割り《ナッツクラッカー》で細かく砕いていたのだが、ずんぐりした体がコンクリートの手すりにすっかり隠れていたのだ。

「おやアヌ、来たのかい」と、おばさんが微笑んだ。質問ではなく、セトゥでは挨拶と歓迎を意味する。

「台所に行こうか」と、おじさん《アカ》が提案した。

台所は母屋から六〇センチほど離れて独立している。村の家屋の大半は石と木材ではなくコンクリートとガラスでできていたが、中央に炉床を据えた木造の台所だけはどこの家庭にも残っていた。ノルブは夫妻の後に続いて玄関に上がり、公的な用途に使用される居間を横切った。ここで政府の高官に地元のごちそうを振る舞うのだ。村に伝わるもてなしの伝統を垣間見せることは大切だ。このような催事がうまくいけば、互いを尊重する気持ちが生まれ、結果的に適度な距離を置けるようになる。また、比較的裕福で社会的地位の高い一族が、リンポチェ**を招くこともある。浄化の儀式や、肥大し続ける物質世界と幽玄界との均衡を保つために必要な諸々を執り行う。ノルブは、実際に参加したことのない盛大な宴会の記憶を手繰り寄せた。この部屋で男たちが話の主導権を握り、楽しげな女たちが場に華を添えていた。子どもたちは大人の邪魔をしないように、菓子をふんだんに与えられ別室に追いやられた。そのとき、美しい刺繡の施された白いテーブルクロスが目に飛び込んできた。テレビも鮮やかなピンク色のかぎ編み布で慎ましやかに覆われ、サイドテーブルには黄色い布がかかっている。こんなにかぎ針編みで埋め尽くされているのは居間だけだ。手作りの品々を凝視するノルブに、おばさんが気づいた。

「うちの末娘が作ったんだよ！　あの子は家のことが得意でね。今は商学の勉強をしにボンディラの大学へ行ってるから、家を飾ってくれる人がいないんだ」

二人はノルブの学校のことや授業のこと、将来就きたい仕事を尋ねてきた。

「お医者さん」と、間髪入れずに彼女は答えた。そう言っておけばみんな満足してくれる。算数はさっぱりだし、本当は何になりたいかなんて見当もつかないけれど。今はとにかく川

＊　ビンロウの実。
＊＊　チベット仏教の高位修行者を指す尊称。

まで走っていって、いとこたちと木登りがしたかった。母親が許可してくれれば、農場にも行けるかもしれない。母は折に触れ、口を酸っぱくして日焼けしていない肌の大切さを説く。

その傍らで、おばさんはブカリ*の火を再度燃やして、鍋のお湯を温め直した。炉床に置いた鍋を決して空っぽにしてはならないことを、ノルブは知っていた。炉床の上に空の器があると縁起が悪いのだ。水を張った鍋は家内安全のお守りで、セトゥのまともな家庭ならどこでも見られる。おばさんは木製の棚からバターを取り出した。棚の側面にはアルミと真鍮のおたまがぶら下がり、金銀でできたピアノの鍵盤みたいにキラキラ光っていた。炉床に火の灯った木造の台所兼食堂は、この地域の家庭の心臓部だ。家族で食事をするときも、けんかして仲直りするときも、近所の人がやってきて政治やスキャンダルの話をするときも、炉床のぬくもりを囲まなければ始まらない。プライベートでありながら社交場でもあるこの空間は、家庭のあり方そのものを反映していると言われる。ピカピカの調理器具が並ぶ清潔で整った台所は、家庭内の秩序が保たれている証《あか》しだ。善き妻、善き娘たち、善き息子たち、そして威厳を失っていない父親。

カクンと一緒に、クリームを挟んだビスケットの皿がノルブの前に置かれた。おばさんが母屋の方にあるモダンなキッチンから持ってきてくれた。夫の前にも同じものを置き、それから自分もいただく。台所の建つ庭についてときどきノルブが他愛もない質問をする以外は、これといった会話もなく食べた。どうも居心地の悪い手厚い歓迎から早く逃げ出したくて、ノルブは食べるペースを上げて残ったバター茶を三口で飲み干した。が、ちょうどそのとき彼女のいとこが台所に飛び込んできた。リンチンおじさん《アカ・リンチン》のいとこの息子で、イェシおばさん《アトゥン・イェシ》の妹と結婚した彼は、アブ（兄弟または平行いとこ）のはずだ。いとこのパサン《アブ・パサン》。彼は習慣から長身をかがめ、台所の扉をくぐってきた。

「おばさん《アトゥン》、携帯を確認して。一時間前にインターネットパックにチャージし直したんだ。さっきから電話してたのに！」と、スマホから目を離さずに彼が言った。イェシおばさん《アトゥン・イェシ》は控えめに喜びの声を上げ、デリーから来たアヌの相手をしていたから、携帯電話を寝室に置き忘れていたのだと説明した。インターネットにここまで興奮する気持ちが、夫のリンチンおじさん《アカ・リンチン》には理解できない。携帯に依存して睡眠のリズムが崩れていることを苦々しく思っていた。「こんなふうに延々と電話で遊んでるなんて、新しい伝染病にかかったみたいじゃないか！　この頃は鶏《にわとり》が鳴き始めてから寝てるんだぞ！　ほら、アヌ・ノルブが来てるぞ。大きくなっただろう！」パサンは初めてスマホから目を離し、パッと明るい表情になった。

＊　薪ストーブ。

「やあ、アヌ！　いつ来たの？　ずいぶん大きくなったなあ。しかもきれいになって！」

ノルブは顔を赤らめた。いとこだろうとハンサムな若い男の人に褒められれば、恥ずかしさと誇らしさの入り混じった気分になる。彼女のコミュニティは、「ポリティカル・コレクトネス」とか「言葉を慎む」とかいう概念とは無縁の世界だ。美しさに関しては特に。外見のせいで一生あだ名につきまとわれる人もいた。いとこのニマ・ワングムは、三十代後半のスリムで明朗快活な女性だ。ノルブは彼女をただアヌと呼んでいる。でも痩せているにもかかわらず、みんなの間では「モティ・アヌ（でぶっちょアヌ）」で通っていた。高校生になる頃にはすでに丸っこい幼児体型の片鱗もなかったというのに、あだ名だけ残ってしまったのだ。体重や肌の色、歯並びなどをあげつらうのは失礼という意識はなかった。

　パサンはセトゥからほんの数キロ離れたところにあるモーシン村へ向かうところだった。三カ月前に、彼の妹がその村出身の男と結婚した。その妹が二日前にブータンの商人から買ったヤクのチュラ*を取りに行かなければならないという。ノルブは途中にある自宅まで送ってくれるよう頼んだ。この日はもう十分に人と交わったから、そろそろ帰らなければ。おじさん《アカ》とおばさん《アトゥン》にいとまを告げたが、二人はノルブの手に一〇〇〇ルピーを握らせ、小さなカバンにポップコーンをパンパンに詰めるまでは帰してくれなかった。母の教えの通り、形ある施しを何度か断ってからありがたくちょうだいした。遠慮なく受け取ると欲張りか、もっと悪ければ貧乏の証しになるし、断れば年長者の社会的地位を疑うことになる。

幹線道路沿いの店に立ち寄り、父が朝のお茶に入れるミルクパウダーを買わなければならなかった。村にはつやつやの太った牛たちがうろついているのに、ミルクを搾れないなら何のためにいるのだろう。牛肉は、魚や鶏肉ほど必需品ではないのに。しかも僧侶が預言する最新の宇宙論によると、村は今呪いの渦中にあるらしい。いわく、「悪しき業《カルマ》で溢れている」そうで、「我々は仏教徒なのだから、殺生はいけない」とのことだった。そのため、一定期間の強制的な菜食主義が村人に課された。どうしても肉なしで耐えられない者は、日々の食事を済ませるためだけに、車で二時間以上かかる近隣の町まで行かなければならなかった。牛の搾乳に罪はないと、ノルブは思った。所有者が家畜の乳製品で商売をすることにそれほど熱心ではなく、ミルクとチーズを自分たちだけで使っているのだろうか。ミルクでできることは、何だかんだたくさんある。しかし地元産業に対するノルブの関心は、いとこのタバコの煙と同じくらいあっという間に消え去った。パサンが五分でタバコを吸い終える頃、ノルブの父の実家に到着した。密かな喫煙の証拠を風が吹き飛ばす。

「もう少し暗ければなあ」

＊　発酵チーズ。

バイクが空気を切り裂き、耳元で風がヒューヒュー鳴っていたため、ノルブにはパサンの言葉が聞こえない。でも、背中越しに声が反響したのはわかった。

「何て？」都会向けの声量ではだめだ。

「な、ん、て、言ったの？」と、再び尋ねる。

「暗ければ良かったのに」

「どうして？」自分の知らない、あるいは知ってはいけない楽しいイベントが夜にあるのだろうか？　とても気になった。

「暗ければ、みんな俺のタバコの火をゼクムと勘違いするだろ！」気の利いた自分の冗談に、一人で大笑いするパサン。

「何と勘違いするって？」

彼は筋張った腕を上に掲げた。驚くほど細く、繊細な指の間にタバコを優雅に挟み、軽く振る。「ゼクムだよ……ゼクム、おっと！」

「ゼクムオット？」

パサンは好奇心旺盛なノルブを父親の家の前に降ろし、さっさとモーシンへ向かって発進してしまった。ノルブは新しい知識欲を胸に留めておくことができなかった。台所に駆け込むと、母とペマおばさん《アトゥン・ペマ》が燃える炉床を囲んで座り、黒茶を飲んでいた。ペマおばさん《アトゥン・ペマ》は村に短期滞在する一家のために、家周りの仕事を手伝いに来ている。ノルブの父は、家系図の重要人物の中に彼女の夫を加えておらず、ただペマおばさん《アトゥン・ペマ》だと紹介しただけだった。ノルブは台所に入るやいなや「おばさん《アトゥン》、ゼクムって何？」と尋ねた。

「誰からゼクムのことを聞いたの？」と、母が問う。

「いとこのパサン《アプ・パサン》が、ゼクムは魔女で、ダーヤン*で、ボクシ**だって言ってたの、お母さん《アマ》！」

いろいろな言葉で表現すれば、母親も真面目に受け取ってくれるかもしれない。特にネパール語を意図的に入れれば、ネパール人の母は言葉の連帯感から不思議な伝承に共感してくれるのではないか。母が親戚の女たち相手に同じことをしているのを見たことがある。彼女たちの友情は、いつも何かしら噂話をした後で深まっているようだった。

「ボクシなんてものは存在しないよ。絶対に」

ノルブが反論しようとしたとき、ペマおばさん《アトゥン・ペマ》が穏やかな声で口を挟んだ。淡々とした口調とは裏腹に、なかなか衝撃的な内容だった。

「ゼクムは呪われた夢遊病の女よ。皆が眠りコオロギすら鳴かない真夜中に、空を飛んで丘

＊　ヒンディー語で「魔女」の意。
＊＊　ネパール語で「魔女」の意。

を越え、青い炎の痕跡を残すの」

「やめてよ、アヌ！」母がシーッとペマおばさん《アトゥン・ペマ》をたしなめた。「この子にそんなくだらないことを吹き込んだら一人で眠れなくなるし、夜中に一人でトイレにも行けなくなっちゃう！　そうしたら今度は私が眠れなくなるのよ！」母はノルブに向き直り、ゼクムもボクシも子どもだましの昔話で、面白がるか怖がるかはその子の賢さ次第だと言った。

「あんたはそんなものを本気で信じるほど単純なの？　いい学校に行かせてやってるのに？　現代科学から何も学んでいないのかい？」実のところ、ノルブの学校で幽霊や魔女の話が出てきたことなどない。でも、校長先生の朝の説教には聖霊が出てきた。ただこの聖霊というのは善いもので、どうやら村の神々よりも優れているらしい。パドマサンバヴァ*よりも、ブッダ本人よりも。聖霊は地元の神々を罪深い存在として忌避していた。結局のところ、学校だって超自然現象や超常現象に関しては曖昧な立ち位置なのだが、ノルブはそのことを黙っていた。何だかんだで、彼女もそんなに単純ではないのだ。寝室へ行って午睡をするよう母に言われた。後で頑固な母親のいないところで、いとこに相談しようとノルブは決心した。


「生まれつきみたいなものだから……無意識にやっているんじゃないかな」と、ノルブの直近のいとこ、テンジンが独り言のように言った。彼女はノルブより三歳年上だ。学業はいまいちだが想像力豊かで、家事もこなし、州大会レベルのバレーボール選手だった。セトゥで生まれ育ち、今年の一月には初潮も迎えた。ノルブにとって村の生活や女性としての悩みごとを相談できるよい相手だった。壁を挟んで隣同士だった二人の少女は、テンジンの家の玄関先に座り込んでいた。アカ・チャンドゥ**が、ノルブ一家を夕食に招待してくれたのだ。父は幼い頃から好物だったピット***を子どもたちに食べさせられると喜んでいた。しかしノルブたちはおばさん、つまりテンジンの美しい母親が作るジューシーな豚肉のモモ****の方が実は楽しみだった。おばさんはチベット人で、何十年も前の父親の世代に近くの村に移住してきたという。村人たちは、名は体を表すという言葉通り、彼女を「スンドリ」と呼んでいる。アルナチャル・ヒンディー語で「美」という意味だ。スンドリおばさん《アトゥン・スンドリ》はエレガントな空気をまとい、スッと通った高い鼻と高い頬骨の持ち主だ。正式な教育を受けていないにもかかわらず、世知に長けている雰囲気を醸し出している。テンジンは父親似で、愛嬌のある丸顔に

* チベット密教の開祖。
** 最も若い父方のおじ。
*** そば粉で作った麺。通常チャツネの漬物と一緒に食べる。
**** ネパールで作られる餃子の一種。

えくぼが見え、ひっきりなしにしゃべる。その奔放すぎるおしゃべりは、よくからかいの的になった。この子は知能に問題があるのではないかと疑う者も多かったが、彼女が器用に魚のはらわたを抜いたり、地面に落ちる寸前のバレーボールをキャッチする様子を見ているノルブは、そこまで厳しい評価を下すことはないのにと思うのだ。

「そんなのかわいそう！　自分のせいじゃないのに汚名を着せられるなんて！」ノルブは低い声で憤った。

「確かにね。でも状況はわかってるんだと思うよ。前の晩、誰に痛めつけられたか知ってるから、次の日の朝そいつのところに行くんだもの。その男が傷口に息を吹きかけたら、すぐに痛みが引くんだって」新たに出てきた複雑な情報に、ノルブは被害者にとっても加害者にとってもさぞかし気まずいだろうなと想像した。夕飯を告げるスンドリ《アトゥン・スンドリ》おばさんの声が聞こえた。

全員で燃える炉床を囲んで車座になる。母親たちは炉床のすぐそばに座り、料理が焦げないよう注意しながら、皿が空っぽになる前に少なくとも一回はお代わりをよそえるように皆の様子を見張っていた。父親たちは反対側に陣取り、ピットの準備をしながら近くの町の軍払い下げ用品店で買ったウィスキーをちびちび飲んでいた。そば粉の生地を掌に挟んで押しつぶし、転がしてパスタのような麺にする。それから麺に赤唐辛子のペーストと発酵したヤクのチーズを混ぜる。あとは野草とハーブのカラフルなサラダと一緒に和えれば完成だ。二人はヒンディー語とシェルドゥクペン語を切り替えながら会話していた。妻たちにもわかるようにと配慮しているかのようだったが、実のところ悪口を言っていると誤解されたくなかっただけだ。三人の男の子、ノルブの弟とテンジンの双子の兄たちは、しぶしぶといった様子で父親たちの隣に固まっていた。ノルブの父が双子の部屋のドア前まで行き、プレイステーションで遊ぶのを止めさせて夕飯に連れてきたのだ。彼らは次の停電が来るまでの時間を最大限有効活用するために、できるだけ急いで食べていた。ノルブはいつも通りゆっくり食べた。ピットはあまり美味しくなかったが、「お気に入りの子ども」の地位を守るために、このパサパサした料理が大好物のふりをした。モモは言うまでもなく最高だったが、餃子の具の香油と、はち切れんばかりに膨らんだ空飛ぶ魔女への好奇心で、頭の中はごちゃごちゃだった。そんないとこの心中を読んだかのように、テンジンが声を上げた。ノルブがゼクムのことを尋ねてきたけれど、自分はゼクムについて何も知らないから両親に教えてやってほしいと。ひき肉の詰まった至福の雲呑《ワンタン》と空想の女たちの姿が、ノルブの頭から煙のように一瞬で消え失せた。申し訳なさそうに母親をちらりと見る。母の眼差しから、今夜はつらい夜になるだろうなとノルブは観念した。

父の笑い声が、こちらを睨む母の気をそらした。安心感のある大笑いが、暖かい台所に響き渡る。父の話によると、ゼクムのような存在はもういないが、空に青い炎が飛んでいるのを学童時代に見たことがあるという。末のおじさん《アカ・チャンドゥ》も記憶を掘り起こして、父の証言を裏付けた。「俺も何度か見たことがあるよ。子どもの頃は便所が外にあったから、夜中に小便をしに出たときに見えたんだ」

「出会ったら殴ったりするの？　聖霊とは違うの？」ノルブは母の恐ろしい視線にも負けず、勇気を振り絞って尋ねた。どうせ罰を受けるなら、この状況を最大限利用してやりたかった。

今度はスンドリおばさん《アトゥン・スンドリ》が答えてくれた。「年老いた呪術師が、実際夜に徘徊しているゼクムを捕まえて、棒とか石とかそこら辺にあるもので折檻したという話を聞いたことがあるわ。朝になると、女は完全に正気に戻るけれど、体中あざだらけになっているの。それで呪術師の家に行って『ああ、偉大なる父よ、もう二度と同じ間違いは犯しませんから、どうか傷口に息を吹きかけてください！』って懇願するんですって」

「お金持ちのゼクムは宝箱に乗って、貧乏なゼクムはほうきに乗ってるんじゃなかったかな？」

「それじゃ、中流階級のゼクムは掃除機に乗ってるわけ？」ノルブの母が、和やかな会話の流れを切るように皮肉を挟んだ。

今度は末のおじさん《アカ・チャンドゥ》が仲裁に入る。彼はいつも屈託のない魅力で気難しいノルブの母を懐柔してしまうのだ。「ねえ、義姉《アズ》さん、これは昔話だけど確かに実在していたんだよ」ノルブとテンジンの方を向いてさらに続ける。「ゼクムは貧富によって宝箱かほうきに乗って空を飛び、真夜中過ぎに決まった場所に集まっていたんだ。空には淡い青の軌跡を残してね。この辺のゼクムがみんな集まって何をするかというと……」

「賭けごと《ギャンブル》さ！　自分の持ち物やら財産やら、挙句の果てには夫や子どもの命まで賭けちまうんだ。宝箱に乗ってきた奴はたくさんの富を家族のもとに持ち帰れる。でも、もし賭けに負けたら子どもや夫を失うかもしれない。いちかばちかの大博打《ばくち》だな！」ノルブの父が、末のおじさん《アカ・チャンドゥ》の言葉を締めくくった。「そう、結局大半が独りぼっちになって、他人よりも自分の家族に迷惑をかけてしまう。なあ、ばあちゃんのことを覚えてるか？　昼間はごく普通に見えるのに、真夜中に出かけてたじゃないか！　夫の命を賭けてたりしてな。元々子どもはいなかったし。ゼクムと関係があったんじゃないかな……」

「妻や母親がゼクムだなんて、想像できる？　家族の幸福を賭けに使う呪いがかかっているなんて」スンドリおばさん《アトゥン・スンドリ》が反応してつぶやいた。

「どのおばあちゃんだったの？」とテンジン。

「うーん、もうずっと前に亡くなってるから、誰でもいいさ」と、末のおじさん《アカ・チャンドゥ》が肩をすくめた。

ノルブはこの生々しいオカルト現象が子孫に引き継がれているのではないかと不安になった。ゼクムの呪われたギャンブル依存症は遺伝しないのだろうか？　彼女は異なる家系図を想像していた。男の血筋や姓や土地や儀式でつながっているのではなく、ゼクムの血が脈々と流れる系譜。ゼクムのひ孫は、自分自身と家族を蝕んでいく邪悪な魔力を受け継いでいるのだろうか？　ゼクムにとって最大のリスクは、家族とコミュニティの喪失であることは明白だ。子孫の人生にもこのような喪失をもたらしたりしないのだろうか？　そのとき、いとこのケサンが、ノルブのたくましい想像を容赦ない合理性で断ち切った。「あのさ、それってメタンだよね？」　皆が双子の兄を見た。礼儀正しく冷静な態度を辛うじて保っている様子だが、彼は都会っ子の親戚も含め、都市部からやって来る訪問者にうんざりしていた。平凡な村の生活の苦労を何ひとつ体験せず、彼らの文化の神秘主義的な側面ばかり見ている。村がどれほど近代的な発展を遂げ、さらなる進歩を求めていることに全く気づきもしない。

「昔は肥料や燃料にするために、家畜の糞を家の外に集めていたんだ。そういう穴からメタンガスが発生して、ときどき青い炎が出ていたんだよ！　当時の人々は何もわかってなかっただけ！」

「じゃあ炎が路上や空に昇っていったのはなぜ？」と、彼の母が尋ねた。

「今は夜でも明かりが点いているから、ゼクムはもういない。ラジオやテレビや携帯電話のせいでみんな夜更かししているんだから、ゼクムだって家から出られないだろう」ノルブの父が最後にこう締めくくった。だんだん夜が更けていくと共に、桃やキウイ畑のこと、構想中のワイナリービジネスのことなど、健全な話題に移っていった。ウィスキーや米酒がふんだんに振る舞われた。ノルブは、頭を父親の太腿にのせてついに眠ってしまった。弟のラクパは年上のいとこたちにゲームで十連敗した後、母親の膝で泣き寝入りした。ゼクムは忘却の彼方へ退却し、少なくともその日の夜は誰も思い出さなかった。

ノルブは奇妙な夢から目覚めようと必死だった。彼女は、大地を真っ二つに切り裂くかのように激しい音をたてて流れる川の岸辺に立っていた。向こう岸では、棘の多いジェブランの木の下で家族が笑いながら焚き火で料理をしていた。筋張った腕と繊細な指をしたいとこのパサン《アプ・パサン》が、彼女の視線に気づき身振り手振りでこちら側に来るよう促した。彼女は両手を口の周りにあてて、都会向けの声を増幅した。でも向こうには届かない。やっと母親の注意もこちらに向いた。母は何か言っているようだった。その声はノルブに届かない。皆必死で呼びかけていた。父、テンジン、リンチンおじさん《アカ・リンチン》、末のおじさん《アカ・チャンドゥ》。しかし彼らの口は狂ったように開いたり閉じたりしているだけだった。川の流れのリズムが声をかき消し、見えない海へ押し流しているかのように。

夢から目覚めると、暗闇以外何も見えなかった。母親の規則正しい寝息が聞こえる。ノルブは母にすり寄り、脇の下に頭をうずめた。母の温かい身体で、徐々に悪夢の恐ろしい余韻が消えてゆく。ノルブは夜の音に耳を澄ませた。コオロギの摩擦音や他の夜行性動物の物音が力強く自己主張している。が、何の前触れもなく、コオロギが突然羽をこするのを止め、周囲が完全な静寂に包まれた。自分の息遣いの音で静寂を紛らわせようと、ノルブは激しく速く呼吸をしながら目を固く閉じた。弱った心と暗闇の中で膨らむ妄想には、ホタルの優しい光ですら致命傷となっただろう。いつの間にか眠りに落ちていた。

行進する足音で目が覚めた。光を浴びて勇気と理性を取り戻す。砂利を踏みつける靴の音だ。数年前から村に常駐している、民兵組織の若い兵士が朝のランニングをしていた。「これじゃあゼクムも、ほうきや宝箱で自由に飛んだりできないか」と、ノルブは心の中でつぶやいた。ひょっとしたら、暴力を行使する訓練を受けている兵隊に殴られるのが怖かったのかもしれない。イェシおばさん《アトゥン・イェシ》のように、ゼクムの間でも新型の不眠症が流行ったのかも。ゼクムが真夜中の巡視《ツアー》を取りやめた理由はいろいろだ。だからもう怖がることはない、とノルブは考えた。その日の夜はよく眠れるはずだと自分に言い聞かせて、ベッドから出ると台所へ向かった。ペマおばさん《アトゥン・ペマ》が冷たくなった昨夜の灰を掻き出していた。

「古い灰が残ってると新しい火が燃えにくくなるからね。でも真鍮の調理器具を灰で磨くと金みたいにピカピカになるんだよ！　水の入ったやかんを持ってきてくれるかい、ノルブ」

ペマは巧みにその日の火をおこし、水の入ったやかんを薪こんろ《ストーブ》に置いた。それからガスこんろの方へ移動して、朝のお茶の支度を始めた。

森の精霊

スビ・タバ

東ヒマラヤの丘陵地帯の外れに、セイジョサという名の孤立した町がある。そこに新しく配属された地区森林官が、ジープを走らせて鬱蒼とした手つかずの生態系に入っていった。その先にあるのは、アルナチャル西部のパッケ・ケサン地区八〇〇キロメートルにも及ぶパッケ・トラ保護区だ。石だらけの道を走るジープのエンジン音に驚いた小さなハジロコチドリの群れが、川辺を目指してさっと飛び立った。昔ながらの静かな町はトラ保護区の緩衝地帯付近に位置しており、道路沿いに細長くできたいくつかの村落と共に半常緑樹の密林に囲まれていた。新任の森林官は、森の中に建てられた事務所兼住居で生活している。併設されているのは森林警備員の宿舎と、たった一軒の観光客用ロッジ。たいがいの季節は客が来ず、いるのは管理人と毎晩のように酔っぱらっているコックだけだ。少し離れた場所で、村とトラ保護区を隔てるパッケ川が悠々と流れていた。

ジャングルの野鳥がその日最後の鳴き声を上げると、森林警備員による夕方の巡回が始まる。太陽が巨大な木々の陰に沈むにつれ、森は徐々に活気づく。夜が深まると、あらゆる音が大きく聞こえた。風の囁きだけで、心の弱った者ならば恐ろしい幻覚が見えるかもしれない。蝉の歌声は、まるで森全体が足に鈴をつけてリズミカルなダンスを踊っているかのようだった。フクロウのゆったりした鳴き声は、高い木の陰に潜んでかくれんぼに誘う精霊を連想させ、世界を糾弾するような蚊の羽音はあらゆる生物にマラリア熱への恐怖心を抱かせる。

ある月明かりの夜、森の奥深くで木々が大きくざわめいたかと思うと、続いて慌ただしい足音が響いた。イノシシが命からがら必死で走っている。その後ろを、各々ナイフと槍と銃を構えた三人の男が、垂れ下がる枝や茂みをかき分けながら追っていた。最初の銃弾がイノシシの背中に命中し、骨を砕いた。イノシシは突然倒れて身動きが取れなくなる。森に静けさが広がる。敗北だ。鹿が甲高い鳴き声と共に逃げて、茂みの陰に隠れた。銃声でインド野牛が目覚め、キンメツブハダキガエルは交尾期の単調な鳴き声を一瞬止めた。単独で行動するウンピョウはテトラメレス科の高木に登り、夜の森に漂う気配をじっと探っていた。森林官と警備員は銃声を聞くやジープに乗り込み、音の出どころへ向かった。

武器を持った三人の男たちは、背中から血を流したまま動かないイノシシの方へ慎重に歩を進める。

「死んでる！」と銃を持った男が囁き、イノシシの傍らでゆっくりと中腰になった。銃を向けたまま近づき、動かない身体を銃口で軽く突いた。他の二人は狩りの姿勢を崩さず用心深く立ったまま、微動だにしないイノシシを明かりで照らしていた。最初の男が身をかがめて獲物に手をかけたそのとき、イノシシが突然起き上がり、頸部に残るすべての力を振り絞って男の胸に頭突きを食らわせ、地面に押し倒した。

「生きてるぞ！」ナイフの男が慌てて叫び、命惜しさに近くの小木に飛びつき貧弱な枝にぶら下がった。

反撃を食らった男はイノシシともみ合う。復讐の念に駆られた獣の、小さなくぼんだ瞳がまっすぐに彼を見つめていた。男は全力でイノシシを押しのけようとして、そのとき初めて気づいた。小柄なイノシシでも人間の体を滅茶苦茶にするくらいの力はあるのだ。イノシシはよく発達した犬歯で男の手をがぶりと咥《くわ》え、肉と骨をバリバリとかみ砕いた。苦痛に満ちた悲鳴が喉の奥から発せられる。男は助けを求めて泣き叫び、イノシシを蹴り飛ばそうとするが、手を離してくれない。別の男が槍でイノシシの頸部を突き刺して何とか引きはがした。イノシシは崩れ落ち力尽きたが、その口の中には男の手が丸ごと収まっていた。

森はイノシシの死を悼み、動物や鳥の甲高い鳴き声が騒々しく響き渡った。森林官のジープが到着しライトで照らした先には、あばら骨が折れて片手を失った男が血の海に横たわる姿があった。他の密猟者は逮捕され、負傷した男は病院へ送られた。彼はその後何カ月も意識不明のまま、恐ろしい動物の亡霊にうなされたという。

ある晴れた日のこと、保護林の北側で最古の巨木が次々と伐採された。労働者たちが鋭利な鋸《のこぎり》で幹の表面を炙《あぶ》るように傷つけると、木々はギシギシと苦悶の音を立てながら倒れていった。雇い主は、保護区を不当に侵害している男だった。裕福な元大臣で、選挙のときに村人に大それた公約を掲げながら、彼らの財産を自分の懐に流し込んでいた。約束したはずの開発は全く実現していない。道路は整備されず、事務所は改修されず、インターネットはつながらず、電気は通らず、計画は何一つ実施されなかった。唯一進んだのは、彼の個人資産の急激な開発だけである。何千ヘクタールもの違法な土地を獲得し、都市部で何千万ルピーもの企業投資を行い、スイミングプールとあらゆる贅を尽くした特大サイズの別荘を建てた。その一方で村は貧しいままで、住民はひっそりと惨めな暮らしを送っていた。

フロデュラント*氏は片手に飲み物、大きな日除け帽と黒いサングラスといういでたちで、

* ［英 fraudulent］には、不正の、詐欺の、偽善の、などの意味がある。

折りたたみ椅子に腰掛けたまま森林を伐採する労働者たちに指示を出していた。彼が贅沢な日々を送る傍らで、労働者は一日中働き、朽ちた木の板でできた今にも倒壊しそうなみすぼらしい宿舎で寝泊まりしていた。フロデュラント氏以外に金持ちはおらず、彼の別荘に入れるのは一部の特権階級だけだった。そのため、村人たちにとって別荘は観光施設のようなものだった。

野鳥や動物たちの住処だった堂々たる大木が切り倒され、丸太になって地面に並んだ。それから製材工場できれいな板にカットされると、輸送トラックに積まれて迂回しながらアッサムの市場まで運ばれる。トラックを運転する委託販売業者は、森の検問所で任務にあたる警備員が眠っている真夜中にこっそり運び出すか、あるいは大っぴらに賄賂を渡して通してもらうかのいずれかであった。金銭は、フロデュラント氏が得意とする無言のコミュニケーション手段である。村人や汚職役人は喜んでその金を受け取った。大自然の中で娯楽のある生活を送るためには、それが頼みの綱だったのだ。

違法な森林伐採の知らせを聞き、地区森林官はフロデュラント氏を訪ねてみることにした。村内に建造された豪華な別荘を見て、森林官は驚いた。質素な村の真ん中にこんなものが建っているなんて、ほとんど現実的ではないように思えた。

「で、新任のレンジャーというのは君か?」抜け目ない眼差しで森林官を値踏みしながら、フロデュラント氏が大きな声で尋ねる。森林官は広間にぶら下がる巨大なシャンデリアや、複雑なデザインが施された光沢のある大理石の床、そして貴族の屋敷とみまごう内装を見回した。フロデュラント氏は森林官の視線に気づき言った。「全部ドバイから輸入しているんだ」彼は新しい妻を呼び、森林官に挨拶をさせる。新しい若妻が紅茶とビスケットを運んできた。

「失礼ですが、私は野生動物保護区域の森林伐採停止を命じに来たのです」と、森林官は世間話に耳も貸さず命令書を差し出しながら、厳粛な調子で言った。

血走った目で正式の命令書を読むフロデュラント氏の顔がみるみる赤くなった。

「わしが誰だかまだわかっていないようだな!」フロデュラント氏は歯を食いしばった。「わしはこの土地と、川と、空と、森のボスだ! 何だってできる! 違法森林伐採に対する命令書をよこすなんて、何様のつもりだ、ええ? 上のコネを使えば、お前など指一つ鳴らすだけで左遷も停職も思いのままだ!」と、命令書を放り投げた。

「私はただ職務をしているだけです」と、森林官は静かな口調で答えた。

「ふん、他の警備員のようにカネの味も知らんのか?」フロデュラント氏は唇の端に泡をためながら、吐き捨てるようにつぶやいた。

フロデュラント氏の賄賂の申し出に、森林官は笑った。紅茶には手をつけず席を立ち、別荘の調度品を一瞥してから親し気に揶揄する口調で言った。「どうやらあなたは、村の公的資金を全部吸い上げて、この品のない別荘の開発に使ってしまったようですね！」

「なんだと！　下級役人ふぜいが！」フロデュラント氏は激昂してうろうろ歩き回り、突然走り出して壁にかかった銃をつかんだ。新妻が悲鳴を上げて彼を止めようとした。

森林官は、男の激しい敵意に唖然として動くことができなかった。この男は自分を脅しているのか、それとも銃で撃ち殺すつもりか。彼は内心激しく動揺しながらも表には出さず、制帽をかぶり直して別荘を出た。

「貴様と森林局が邪魔をしようものなら、森も役立たずの動物たちもみんな燃やし尽くしてやる！」玄関先でフロデュラント氏が怒鳴った。

森林官はジープに乗り込み、現状とあの強欲な男にどう立ち向かうべきかあれこれと考えを巡らせながら走り去った。彼は森林警備員たちに、各々のキャンプで警戒を続けるよう命じた。さらに、上官宛てにいくつか申請書も作成したが返事はなく、結局それらの書類は役所に山と積まれた保留ファイルに埋もれてしまった。

木の伐採は何カ月も続き、森に住む人々や動物たちの生活を脅かし始めた。アカゲザル、ボウシラングール、イタチ、マングース、リス、ヤマアラシの家族は、森の中心部に移住し始めた。シワコブサイチョウの父親は、木の幹に隠れた母親と雛鳥のために餌を探しに出ていたが、その木は二度と見つからなかった。伐採地周辺の木の根を漁りにやってきたイノシシが、労働者に容赦なく追い払われた。森の自然の調和が乱されていた。

北側の伐採が終わっても、フロデュラント氏の凶行は留まるところを知らず、彼の我欲はさらなる破壊を熱望していた。一人の労働者を呼び出し、現金を握らせ、森の方角を指さす。その夜、伐採エリアで火災が起きた。乾燥した枯れ葉や茎が発火し、激しく燃え上がって森を照らし出す。フロデュラント氏は遠くで火の手が上がる様子を別荘のテラスから眺め、邪悪な心で嘲り笑った。

鳥や動物たちのくぐもった喚声が聞こえたとき、森林官と警備員たちは森の中の密猟防止キャンプにいた。フクロウたちがヒステリックに鳴いている。休憩時間にお茶を飲んでいた彼らは腰を上げ、夜の地平線に目を凝らした。燃え盛る炎に照らされた空に驚き騒然となり、「山火事だ！　山火事発生！」と大声で叫ぶ。彼らは急ぎ、ジャングルのツリーハウスを降りた。ゾウなどの野生動物と対峙するのを避けるため、ツリーハウスは地上六メートルの高さに造られていた。銃を持って、小さな足跡のついた道をたどり森を駆け抜ける。森の中は喧騒で満ちていた。奥深くまで入り込んで初めて気づいた。自然界の強大な闇の中では、人間のサバイバル能力などゼロに等しい。それは身の毛もよだつような体験だった。移動する動物たちを尻目に、彼らは大きなガジュマルの木の幹に身を寄せて、じっと立ち尽くしていた。今まで同時に目撃したことのない動物や鳥が、一斉にそばを通り過ぎていった。ゾウの群れは狂ったように甲高い声を上げて走り、ウンピョウは猛烈な勢いで飛び跳ね、ボウシラングールは必死に木の枝をつかんで前に進み、ハクビシンは全力で疾走し、ジャッカルは吠え、ヒマラヤグマは唸り、一斉に森林火災から逃げ出した。

森林官は炎が森を蹂躙し広がってゆく様に絶望し、その場で膝をついた。携帯電話の電波も届かない森の奥で、助けを求める術もない。フロデュラント氏の言葉を思い出し、結局森を守るために何もできず敗北感を味わった。そのとき、舞い上がる炎の中で怒り狂う女の絶叫が聞こえた。そして本物の奇跡が起こったのか、荒々しい雷鳴が轟き稲妻が空を切り裂く。呆然とする彼の目の前で、雲が湧き雨が降った。ぽかんと口を開けて座り込み、水が炎を消してゆく様子をただ見つめる。森林官は目に涙を浮かべ、自然の驚異的な力に深い畏敬の念を抱いた。焼け死んだ小動物や昆虫がいたものの、大型哺乳類や鳥類も含め大部分の動物たちが生き残った。巣穴や岩陰に隠れて難を逃れた両生類もいた。

火災が鎮《しず》まると、焦げた灰の中からガソリンタンクを抱えた男の焼死体が出てきた。発見した警備員によれば、「森を燃やそうとして、逆に森に燃やされちまったんだ！」とのことだった。遺体の身元はフロデュラント氏の下で働く労働者と判明した。

村に戻ると、火災の話で大騒ぎになっていた。森林官はジープで別荘へ向かった。別荘の外には少人数が集まり、男も女も絶望の表情でうつむいている。フロデュラント氏と火災の関係を確信している森林官は、猛然と別荘に入っていった。

室内では葬式が執り行われていた。地域特有の白いショールに包まれ花と線香に飾られた遺体に、大勢の人々が最後の別れを告げている。それを見て森林官の怒りは和らいだ。帽子を取り、遺体に近づく。そばで顔を見た瞬間、気分が悪くなった。ショックで少し足がもつれた。顔も体も真っ黒に焦げた焼死体だったが、それでも身元は明白だった。

「死因は何だったんだ？」と、弔問客の一人が使用人に尋ねた。

「昨夜、テラスで雷に打たれたのです」

涙に暮れている新しい未亡人が広間の近くに立って、弔問客全員に礼を述べていた。彼女は森林官に気づき、夫の非礼にもかかわらず訪問してくれたことに感謝の意を示した。森林官は何か言おうとしたが心のうちに留め、未亡人に哀悼の意を表して別荘をあとにした。

村ではフロデュラント氏の死因に関する噂が広まり始めていた。数年のうちにこの話は都市伝説となり、各々が好き勝手な結末を作り出すことになる。ある者は雷のショックで死んだと言い、またある者は森林破壊に激怒した森の女神に焼き殺されたのだと言う。火事で焼け死んだ動物や鳥の霊が、復讐のために自分たちと同じ目に合わせたのだと仮説を立てる者もいた。保護林区域に戻る道中、森林官は、強く思った。愛は愛を生み、破壊は破壊を生むのだと。

翌朝の森は雨上がりで光り輝き、活力を取り戻したようだった。新鮮な空気を吸い込み、森林官は静寂の森へ続く小道を歩いていた。今回の事件について報告書を書いたり、警備員に任務を与えたりとすべきことはあるのだが、彼は森に佇み、力強く絡み合った木々の枝に抱かれる青空を眺めていた。ふと、遠くの湿った土の上に大きなネコの足跡があるのに気づいた。そのすぐ先に立っていたのは、王族のようなベンガルトラだった。森林官の息が止まった。この森ではもう長い間トラを見かけた者はいなかった。トラは静かに森林官を見つめ、誇らしげに吼えると、密林の中へ消えていった。シロクロコサイチョウの力強い群れが分厚い林冠から飛び立ち、アオノドゴシキドリが羽ばたき高い木の枝にとまって歌い始めた。それは森の精霊を再び目覚めさせ、栄光を称える讃歌だった。

亡霊の歯科医

ミロ・アンカ

気持ちが徐々に高まり、私は車の窓を開けた。そっけなくても、街はやはり魅惑的だ。二〇一五年の夏のことで、空は雲で覆われていた。時折こがね色の柔らかな陽光が、雲の隙間から顔を出し、満開に咲き誇る鮮やかなホウオウボクが舗道を彩っていた。コンクリートの建物が空に向かってそびえ立ち、鳩が飛び交う静寂の中で礼拝の呼び掛け放送が鳴り響く。私の思考は煙幕のように立ち上がり宙を漂っていた。

バックミラー越しに、運転手がこちらを見つめていた。私の緊張を感じ取ったのか、それとも単にこういう顔を見慣れていないだけか。こちらは不躾な視線にも大分慣れていたので構わない。もっとも相手は、私が不快に思おうが不安に思おうがどうでもいいのだろう。故郷はどこかと聞かれるたびに、私は訓練したオウムのように「アルナチャル・プラデーシュ州のジロ」と答えた。その言葉は我ながら虚しい響きで、心の奥が痛む。

もう二十五歳になってしまった。学位を取得した私は、とりあえず二年間歯科研修医として働いたが、まだ選んだ職業に確信を持てずにいた。ほとんど知らない世界で学位を取得するのは大変だったが、それでも、人目を気にしなくて済む場所へ引っ越すことに意味があったのだ。

今故郷はどんなふうになっているだろう？　私の心はまっさらな石板のように何も感じない。誰だって無意識に、あるいはただ現実から目を背けるうちに、故郷が負担になることもあるだろう。

約七年間、快適なバンガロール*の風にさらされるうちに、私の身体は神経過敏になりすり減っていった。人が柔軟に成熟してゆくためには、季節の変化が必要だなんて思いもよらなかった。その頃私は、悟りの奥底に到達した作家や詩人の言葉の中にしか、季節を見出せなかった。患者のいない暇な時間は、読書に没頭していた。本の中にある人生で硬くなった赤土を耕し、希望の種を蒔き、疑いの種を取り除き、雨を乞い、収穫物を胸に抱いていたのだ。

本の外にある私自身の物語は、ひたすら同じことの繰り返しだった。タクシーで帰れるだろうかと心配し、食事を取り、夜になったら眠り、次の朝起きて、クリニックの殺菌済みの空気に晒される。クリニックでは何でもエタノールで拭くため、完璧な清潔さを求めるあまりに日常生活でも気を遣うようになってしまった。

現実世界で無数の患者の治療をしているうちに、エネルギーと生命力が奪われていった。白昼夢に捕らわれたような感覚が何日も続いた。虚ろな目を見れば私の存在がそこにないことは明白なのに、殺菌済みの部屋で見つめ返してくれるのは白い壁だけだった。

そんなある日、母から電話が来た。私は口数少なく不安定で、ほんの少しでも故郷に触れるだけでくずれ落ちた。「都会と全然違うから、いい気晴らしになるよ。それに、自分の原点に立ち戻るのはいつだっていいんだよ。街はどんなに見かけが良くても合わないんだよ。こっちで切符を取ってあげるから、帰っておいで……」母の言葉が腫れあがった心にふれて、私は本と洋服と学位証書を荷物に詰め込んだ。

ナハーラガンで、両親と妹のアンガが迎えてくれた。「アンガ」は赤ちゃんという意味の言葉で、私は彼女のことをそう呼んでいた。もう十年生**で私立の中等学校に通っているのだが。父はナハーラガンから車で六時間かかるパシガトという古風な町に赴任していた。その

＊ インド南部の大都市。IT産業の中心地。ベンガルール。
＊＊ インドでは、一年生（五歳）から八年生（十三歳）までが小学校で義務教育、十年生（十五歳）までが中等学校、全国共通試験に合格すると、上級中等学校（十七歳まで）に進む。

ため、両親が不在の家で暮らすのはアンガと私だけだった。

パシガトで二週間の休暇を取ってから実家に帰ると、父の古い友人から連絡があった。彼が不在の間クリニックを任せられる歯科医を探しているとのことだった。私が「おじさん《アク》」と呼んでいる父の友人は、平日は保健所で働いていたが、実は故郷のジロ村に家を建てている最中だった。学位証書を確認し短い面接を経てから、おじさん《アク》は私を採用した。

紹介されたおじさん《アク》の妻——私にとってはおばさん《アッタ》——は、夫の開業以来クリニックの補助と運営を担当している。そして、助手兼受付のヤスンもジロの出身だ。これでこのクリニックは正式にアパタニ族*経営になったわね、とおばさん《アッタ》が冗談を言った。

クリニックは開業十二年で、交差点と病院通り《メディカルライン》に挟まれた建物の一階にあった。かすれた文字で「歯科医院」と書かれた古い金属製の看板が、同じように錆びつき日差しや雨で風化したバルコニーの手すりに吊るされていた。

窓のそばに歯科用椅子が一台あるだけの、質素な設備だった。医療器具がトレーの上にきっちりと置かれ、棚にも機器が並んでいる。ドクターの机はもう一つの窓の近くに置いてあり、反対側には歯学論文や参考文献を収めた小さな本棚があった。ハーフガラスのドアに白いレースのカーテンを吊るして診察室と待合室を分けている。待合室には、受付デスクの上に古いテレビがあり、部屋の隅にある安物の陶磁器の壺には造花が飾られていた。ある団体からもらった木彫りのサイの置物を除けば、その花が唯一の室内装飾だ。薬、練り歯磨き、ジェル、シロップの瓶は、棚の最上段に陳列されている。すぐ隣で簡素な壁かけ時計が毎秒時を刻んでいた。

私はバルコニーに出て外の空気を吸い、路上の人々の営みを眺めた。舗装道路の薄っぺらいアスファルトが剝がれ、開いた傷口のように土が露出している。渋滞の中でせわしくクラクションを鳴らす車の列、その隙間をバイクが蛇行して通り抜ける。体に密着した白い制服の交通警官は、持ち場を離れて茶店の前でおしゃべりをしながらタバコをふかしていた。道の両側にはたくさんの商店が出ており、病院通りに向かって薬局が並んでいる。夕方になると、人々は路上の食べ物屋台にハエのように群がる。ギザギザの山が地平線に沿って左右に伸び、要塞のように町を守っていた。一日が終わると収支を計算し、記録を入力し、モーターを止め、照明を落とし、クリニックを閉め、シャッターを下ろして鍵をかけてから帰宅する。私は徒歩で通勤することに決めた。歩けない距離ではないし、大都市ほど広くも複雑でもない。しかも、私の外見や歩き方や呼吸の仕方を気にする者もいない。何という解放感だろう！

＊ アルナチャル・プラデーシュ州のジロ渓谷で暮らす民族。

十二月

十二月の寒さの中、私はタートルネックを着て靴下を履いてクリニックに通うようになった。マスクやスカーフで鼻と口を覆っていなければ、一歩外に出ただけで大気中の微砂が肺に入ってしまう。おじさん《アク》とおばさん《アッタ》はジロに行っていて、もう一カ月近くも不在だ。新しい家は完成間近で、このときにはもうクリニックを任されても平気だった。白いエプロン姿でX線を撮影・現像して症状を診断する。嚙み合わせの印象を記録し、予約を確認して、処方箋を出す。そして日々の出来事を日誌に書く。アルナチャル・ヒンディー語さえも習得した。私は南インド訛りがひどかったけれど、発音に気をつけてゆっくり話した。

歯をグラグラさせた小さな子どもたちが、両親に連れられてやって来る。お祈りの言葉を唱え、勇気を振り絞って歯科用椅子に座る。ひどく腫れた顔の男女が眠れぬ夜の不満を訴える。ある患者は歯の隙間を埋めたいと言い、別の患者は永久に輝く歯を求めてきた。辛抱強く根管治療を受けに来ている人々もいた。必要な治療を丁寧に施していくうちに、彼らの不安が少しずつ私の手の中に流れ込む。患者の息遣いで手袋をはめた手が温まり、私はマスクを装着した顔を近づける。ハロゲンライトで照らされた視界の中で焦点が定まる。

おじさん《アク》を指名してくる患者には、おそらく年明けまで戻ってこないと告げた。おしゃべりだけして帰っていく人もいたし、私の腕を信頼してくれる人もいた。患者が来ない日があれば、孤独な読書に戻って思考を巡らせる。ときどき日常のことを書き留めたいという衝動に駆られ、私は走り書きを始めた。あまりに思いが強すぎて処方箋用紙を破って使うこともあった。その傍らでヤスンはゲールという毛織の女性用巻きスカートに刺繍を施し、アパタニ族の伝統的な魚眼模様を兄弟のネクタイにクロスステッチしていた。一緒にチャイを飲みながら、ジロで過ごしたヤスンの幼少時代の話を聞いているうちに、彼女の思い出とはまったく異なる懐かしい場所に舞い戻った気分になった。

仕事帰りのウォーキングは、待ち遠しいくらいに楽しかった。町の中心にある商店街を歩いた。仕事着を脱いで何者でもなくなると、私は透明人間になれた。異邦人になったつもりで、ただただ好奇心旺盛にあらゆる物事を観察した。歩けば歩くほど、生きている実感が湧いてきた。過去、現在、未来について熟考するようになった。正気を失いそうになっても、身体がしっかりと地に根を張って落ち着くことができた。

月日が経ち、私は無意識に季節をも自分の中に刻み込むようになっていた。流れる雲が旅の連れだ。雨の日は爪先に水がしみ込んで、荒れた小道の泥やぬかるみが足にまとわりつく。晴れた日は脇が湿るほど汗だくになった。道路が乾燥して粉塵が上がり、熱帯のような暑さに喉が渇きフラフラになる（このときだけは車で通勤せざるを得なかった）。私は怒濤の雨と暑さの後にやって来る冬を辛抱強く待った。冬は物思いに耽る季節だ。霧が町を覆い、建物のてっぺんから突き出ている山々は故郷に帰ってきた私をからかっているようでもあったが、周囲の静寂が心に平安をもたらした。

私はくじけることなく歩き続け、より良いウォーキングシューズを新調した。歩くペースは速く軽くなっていき、歩調に合わせて楽に呼吸できるようになった。自分の身体、心臓の鼓動、血の巡りに意識が向いた。ひとけのない海の潮の満ち引きのように、私の思考も揺れ動いた。ときには、漫然とゆっくり歩き、遠くから人間観察をすることもあった。病院通り《メディカルライン》で老いた母親を背負う男性、手にカニューレ*を挿入している痩せた女性。三輪タクシーの運転手たちは輪になって、手札のカードを中央に積み上がった賭け金に叩きつける。さまざまな部族のビーズ、竹笠、短剣、装身具を床に置いて客を待っているのは、藁ぶき屋根の商店の主人だ。焼きトウモロコシの匂いが辺りに漂い、野菜市場の女性たちがプランテン**で包んだ米を口いっぱいに頬張っていた。葉物野菜とオレンジの皮が道路のこちら側に散らばっている。ふと、私のように歩きにこだわる者のために整備された道が必要だと思った。そこには歩道が一本もなかったのだ。なぜだろう？ 私は肩をすくめた。私は来る日も来る日も時間を忘れて通りを眺める傍観者にすぎないのだから。だがこれらの道の風景は、長い間色鮮やかに記憶に留まり続けていた。

その頃、夜が来て薄暗い町の明かりが灯ると、私は自宅で窓辺の机に向かった。山は見えないが遠くに星が浮かび、笹の葉のざわめきが谷に響き渡る。メランコリックな空気の中さまざまな想いが溢れ出て、私はこぼれ落ちたものをそのまま紙に書きつけた。

私の人生はかたつむりの道のようなもの。一歩踏み出すたびに、自分の皮膚と粘膜に拭き取られて痕跡が消えてしまう。私は時間をそのまま受け入れ、圧縮したり省いたりしないよう努めた。だらだらと続く雨も、うだるような暑い午後も、冬の憂鬱も、すべて私のものだ。文章を書き、聞いたことのない歌を聴いた。ハイビスカスの茂みにとまる鳥、揺れる笹の間から差し込む陽光を浴びる犬、宙に消えてゆくチャイの湯気、埃の積もった本屋、映りの悪くなった鏡などをじっと見つめた。土を踏みしめるたびに、私の長い歩みは折り重なりまとまってゆく。今まで歩いてきたすべての物語が収録されている。孤独は怖い。殻に覆われていた自分の内面世界と向き合うことだから。

突然の政変で州首相が失脚し体制が崩壊した日、私は家で昼食を取ってからまた戻ってくるつもりで帰り支度をしていた。そこに数人の少年が、近々ストライキを予定していると知

＊　血管や気管などに挿入する医療用の管。
＊＊　調理用バナナ

らせてきた。うちもシャッターを下ろしてほしいとのことで、その間クリニックを閉めていたらどうかと提案された。私はすぐにおじさん《アク》に電話して、状況を説明した。「クリニックは大丈夫でしょうか？」と、私は尋ねた。

シャッターを下ろして今日は休むようにと、おじさん《アク》は言った。冬の太陽が陰り、どこの店もすでに休業しているか、店じまいの最中だった。通りは閑散として、街角には人の姿が見えない。野良犬は彷徨《さまよ》い、木の葉のざわめきが迫りくる破滅の囁きに聞こえた。

州全体が怒号に満ちていた。フェイスブックとワッツアップ*（WhatsAPP）では、不祥事を起こした州首相に関する投稿がひっきりなしに更新され、選挙区民同士の勢力争いはニュースの見出しにもあちこち現れていた。「民主主義の殺害」あるいは「必要性」、「アルナチャル・プラデーシュの危機」などなど。閉ざされた議会の扉の向こうで繰り広げられるドラマを、視聴者は楽しんでいた。VIPの護衛車は急いでいるのだと声高に訴えながらサイレンを鳴らした。情勢不安のため、数日間は何もかもが閉まっていた。母は電話口で、ほとぼりが冷めて日常が戻るまでは家で大人しくしているようにと忠告してきた。数日の小康状態を経て、周囲の店は再開した。私はヤスンに電話し診療所の再開を告げる。クリニックに到着すると、廊下に石が並んでいた。動揺しつつも、ヤスンと私は石を集めて黄色い袋に入れ、道路まで運んで元あった場所に捨てた。「まったくもう！　散らかしたら後片付けしなさいよ」ヤスンが怒り心頭で言った。

数週間が経ち「大統領による統治」が宣告された。中央予備警察軍（CRPF）が、店から転がってきた新鮮な豆のように次々と配備された。彼らは暴動鎮圧用の装備、シールド、ヘルメット、警棒で武装して、マーケットや通りを陣取った。昼間に路上を歩くのは恐ろしかった。無関心でいられたのは最初だけだった。彼らの腕にぶら下がった銃を見ながら、私はいろいろ考えた。いつになったら人間フェンスのない道を一人で歩けるんだろう？　大統領令で歩道を作ることはできないのだろうか？

この時期、ボード試験**が間近に迫っていた。妹のアンガの勉強も佳境に入っている。最も苦手なヒンディー語を学ぶために、アンガはクリニックを訪れるようになった。患者を診察する合間に、宗教改革者カビールの教えやミーラー・バーイーの詩を翻訳、解説しながらだんだん疑問が湧いてきた。多感な時期の少女にこんなことを教えて、いったい何の役に立つのだろう？　好奇心から他にどんな科目があるのか尋ねてみた。この地方の部族や文化、歴史は教えられているのだろうか？　どうして地方のことはあまり知られず、語られないのだ

＊　メタプラットフォームが提供するテキストや音声などのメッセージサービス。
＊＊　全インド中等学校試験。インドでは十年生と十二年生の終わりに全国共通試験を受ける。

ろう？　この地方に対する人々の無関心は誰のせいなのだろう？　この問題については私自身も無知で、いつの間にか他人事になっていた。それが今になってなぜ気になるのだろう？

距離を理由に、長い間故郷に近づくことを躊躇していた。どれだけ深遠な作家の言葉も、現地の思想家の考えも私を奮い立たせることはなかった。しかし内なる拒絶がどこかへ去り、人生と世界に癒やしや理解の形を求めるようになると、私はもう前のままではいられなかった。物事に無頓着のまま、放っておいても何かしら進んでいくとは思えなくなったのだ。他のことにも気が向くようになった。外部の世界ではなく、頭の中に湧き出た独白の方に興味が湧き、もっと深く掘り下げてみたくなった。疑問を持つことで、物事は変容しばらばらに散らばった。私は自分の中の世界が、外の世界にどう反応するのか知りたかった。どこかで混ざり合うことはあるのだろうか？

遠くで地平線が黄昏の中で霞み、山々が闇に呑み込まれてゆく。店の外にいた数人の男たちが、プラスチックや段ボールの箱を燃やし、体を暖めていた。巨大な土埃が立ち込める中、アンガと私は口元をマスクで覆った。不確かで曖昧な空間の中を、私たちは家へ向かって漂流していた。

闇に葬られし声の中で

ポヌン・エリン・アング

私の意識は、夢とうつつの間を行き来する……眠らないように必死でこらえるが、どうしてもまぶたが落ちてくる。夜を駆け抜ける車の速度計は時速一〇〇キロ、暗い高速では一二〇キロを示し、ヘッドライトがまるで生き物のように道路と木々を照らしていた。

体のねじれたいくつもの人影が密かに私と競い合い、漆黒の闇にひとりまたひとりと吸い込まれていった。アッサム州デマジ地区とシラパサール地区でバンド（ストライキや封じ込め活動の一種）の宣言が出されたときのことだった。私は陸路で帰るため、夜間に運転手と二人きりで車に乗っていた。それがいかに危険な賭けであるか、容易に想像できるだろう。

真夜中……いやもうすぐ夜明けと言ってもよい時間で、とにかく自室のベッドにもぐりこみたかった。集落を抜け、車道の両脇をぼんやり照らす灯りを物憂げに眺めながら、私は暖かく快適なベッドで死んだように眠ることだけを願っていた。

藁ぶき屋根の小屋の隙間から漏れたランプの明かりが、畝《うね》状の光を作っていた。それが引き金となり、遠い過去の記憶がよみがえる。あの頃、私が教師をしていた町は、電気も通らず、眩暈《めまい》がするほど揺れる吊り橋を渡って三時間、ときには四時間も坂を上る場所にあった。そう、アルナチャル・プラデーシュ州の山間部にある辺境の地、東カメン地区のバメンだ。当時は何の変哲もない集落で、私は高校の準教員、夫は行政官として赴任した。バメンはこぢんまりとした景勝地で、朝晩はいつでも濃い霧に覆われていた。夜になると暗闇と寒さでどこにも行けず何もできないため、午後七時には皆床に就いていた。

私はいつも、不思議の国で雲に乗っているような気分だった。昔話に出てきそうな土地で、高原に闇の帳《とばり》が下りて灯油ランプがツチボタルのようにちらちらと瞬く夜になると、何となくホームシックに陥ったものだ。

あの頃電気が通っておらず、しかも町へ行くにはパッケ・ポイントと呼ばれる場所から急勾配を歩いて登る必要があった。主要道路からそのポイントに到達するまでに、ワイヤーと木の板でできた揺れる吊り橋を渡って、パッケ川の急流を超えなければならない。

初めてその橋を目の当たりにしたとき、身体が石のように固まった。ほとんど進むことができず、勢いよく流れる川が板の隙間から見えたときはあやうく気を失いかけた。夫がどれだけ優しく励まして手を引っ張っても、てこでも動こうとせず、放せば死ぬとばかりに橋の手摺りにしっかりしがみつき、恐怖のあまり大声で叫んだ。

それ以降は、目をきつく閉じて両側の手すりをつかみ（そう、狭い橋だった）とにかく急いで渡った。他の人が歩くと揺れがさらにひどくなるため、橋の上では何人《なんぴと》たりとも動かないようにと怒鳴り散らした。

学校は小規模で、十年生までさまざまな学力の生徒を合わせてやっと二〇〇人に届く程度だった。子どもたちはとても純粋で、新しい考えや概念をすぐに理解してくれた。私が覚えている限りどの生徒とも親しく友好的な関係を築けていたと思う。

その少女は六年生のクラスにいた。イェラム（仮名）はごく普通の女の子で、運命の日の午後に暗い事件が起きなければ、すぐに他の生徒たちに紛れてしまっただろう。私が英語の授業を行っていると、突然数人の男が教室に押し入り一人の少女を無理やり連れ出そうとした。それがイェラムだと知ったのは後になってからだった。

私の抗議や嘆願を無視して、男たちは助けを求めて泣き叫ぶイェラムを抱えて行ってしまった。私ははらわたが煮えくり返るような怒りと苛立ちを覚えた……。しかし、できることはなかった。全く無力だった。哀れなか弱い少女を助けようとする者は誰もいなかった。あの子は自分の父親と同年代の男に、嫁として売られたそうだ。

部族の慣習法と伝統の範囲内での出来事だったため、どうしようもなかった。それから四年後、私は家出人となった彼女と自宅で再会する。イェラムは地区の本部があるセッパへ連行され、そこで裁判にかけられる予定だった。夫によると、刑務所には女子用の独房がなく、彼女をひと晩置いておく適切な施設がないのでうちで預かることになったのだ。

彼女自身が教えてくれなければ、そして少女に何か不穏なものを感じるとコックが訴えてこなければ、私はイェラムだと気づかなかっただろう。

「部屋の中に血痕があるんですよ、奥様。あの子が自殺でもするんじゃないかと心配で」と、コックは不安げに語った。「ここに来てからずっと泣きっぱなしで、何も食べようとしない。あの子と話してみてくれませんか。奥様の言うことなら聞くかもしれない」

こうして私たちは語り合うことになった。

イェラムは私に、教室から無理やり連れていかれた日のことを覚えているかと尋ねた。覚えていると答えると、彼女は震え出し、こらえ切れずに泣き崩れた。感情を思いきり吐き出すまで、私は何も言わず隣に座っていた。抱きしめたかったがどうしてよいかわからず、手を握り、ただ気持ちに寄り添うだけだった……。

父親ほどの年齢の夫と寝ることを拒否したら、殴られ、食事を与えられなかったと、彼女は言った。「受け入れられるわけないじゃない」イェラムがすすり泣く。「気持ち悪くて吐きそうだった」

「でも八カ月になる娘さんを置いて逃げてきたんでしょう。どうして赤ちゃんを置き去りにしたの？」と、私は問う。

「私の娘なんかじゃない。無理やり産まされて、辛くて辛くて仕方なかった」激しい剣幕に私は戸惑った。

逃げようとした彼女は結局捕まり、太腿を丸太に縛り付けられて、夫のみならず他の男たちにもレイプされた。あまりに野蛮な仕打ちに、苦しむ哀れな少女が気の毒でならなかった。

「ご両親は？　何もしてくれなかったの？」

「できるわけない。すごく貧乏だから、向こうから受け取った婚資を返せないもの。こんな地獄の中で生きていくくらいなら、死んだ方がまし」と、彼女は言う。「送り返されるくらいなら、自殺します」

子どもが生まれてからは、運命を受け入れ諦めたふりをしていたため、自由にさせてもらえた。しかしイェラムは、心の奥底で決して諦めておらず、生き地獄から抜け出す決意をした。そんなとき、彼女に好意を抱く少年が、その境遇に同情して脱走を手伝ってくれたのだ。

「その彼はどうなったの？」と私が尋ねる。

「二人とも捕まって、彼はひどく殴られました。その後どうなったかわかりません。巻き込んでしまった私が悪いの。一人で逃げるべきだったのに」と、彼女は悲しそうに告げた。「こんな地獄のような人生、死んだ方がまし。連れ戻されるなら自殺します」と、繰り返しながらさめざめと泣いた。

「大丈夫よ」と、安心させたい一心で私は言った。「行政の人たちだって同じ人間なんだから、きっと助けてくれるわよ。事情をわかってくれるはず」けれども自身の言葉とは裏腹に、心の奥底ではどんな判決が下されるかわかっていた。

彼女もわかっていた。それでも、私たちは奇跡が起こることを願っていたのだ。すべてうまくいくふりをして、都合の悪い話題を避け他愛ないおしゃべりをし、炉床の火のそばで物思いに耽りながら夕食を取った。

翌日、私になだめすかされ少しだけ食べ物を口にしてから、イェラムは警官と一緒に出ていった。彼女は、私の目を見ずに礼を言った。なぜそうしたのか気持ちはわかる。私に見られたくなかったのだ……瞳の中にある絶望、果てしない無力感、生々しい恐怖を。彼女の全存在から、それがひしひしと伝わってきた。

二日後、イェラムはＰＩ（行政通訳）の家で引き裂いたシーツを天井のファンに結び、首を吊ったと聞かされた。

判決は彼女に味方してくれなかった。

深い谷間に蔓延する闇と静寂を、官舎から見下ろしたことを思い出す。拳を握りしめ、どうしてよいかわからず、嗚咽がこみあげ涙がこぼれ落ちそうになりながら、深い喪失感と限りない失望感に苛まれた。谷底には、無数の楽しい思い出やほろ苦い思い出が埋まっており、霧と沈黙に包まれる夜になると丘や山々に鳴り響くのだと私は信じている。

小川で水の泡がはじけ闇の中の静寂を打ち破るとき、冷たい風が冬の夜にむせび泣くとき、私の魂もそこにあるはず……闇に葬られし声に交じって、彷徨《さまよ》い続ける魂が。

ザ・サミット――ティーネ・メナのインタビュー

ママング・ダイ

北方の辺境アルナチャル・プラデーシュ州は、そびえたつ山々と川と渓谷に囲まれた人影もまばらな僻地だ。村が点在しているが、その多くは道路が整備されておらず電気も通っておらず、世の中から隔絶されている。訪問者といえばごくたまにやって来る政府の役人くらいで、インドと中国を隔てる極東のヒマラヤ山脈国境地帯を監視することが目的だった。

そんな村で生まれた少女は何を夢見ているのだろうか？　知るのは難しい。景色は雄大だが他にはほとんど何もないのだ。大地と空、そして季節の変化に合わせて規則正しく刻まれる村の生活にあるのは、せいぜい店が一軒と、書物で勉強したい者向けに学校を模して作られたみすぼらしい建物くらいだろうか？

それでも、運命線が山々と空を越え、予想だにしなかった人生に手が届くこともある。ティーネ・メナは、上で述べたような僻地の村エチャリの出身だ。村はアルナチャル州ディバン・バレー県の国境付近にある。二〇一一年五月九日、彼女はアルナチャル・プラデーシュ州およびインド北東部の女性史上初のエベレスト登頂者となった。

このインタビューが実現するまでにはずいぶん時間がかかり、何年もの月日が経ってしまった。私がティーネと出会ったのは、低ディバン・バレー県の県都ローインで毎年開催されるレー祭だった。レーはイドゥ・ミシュミ族の重要な祭事で、二〇一九年には女性のみで構成されたレー祭中央委員会が、盛大かつ華やかなイベントを主催した。フィナーレを飾ったのは有名なイドゥ織物にスポットを当てたファッションショーで、さまざまな融合スタイルのファッションや音楽、そして伝統衣装に身を包んだ子どもたちが登場した。そして、舞台のトリを飾るべく突然現れたのが、ティーネと同僚のムリ・リンギ(1)だった。登山装備をまとって堂々とキャットウォークを歩く二人に、観衆は大きな拍手喝采を送った。

インタビューしたいという思いが再燃し、ついに二〇一九年の冬、一つの質問を胸に抱いて私はローインにいるティーネを訪れた。

＊ 米と豆の粥。

原注1 ムリ・エソミ・リンギは低ディバン・バレー県ローイン出身で、二〇一八年四月十四日にアルナチャル・プラデーシュ州の女性史上三人目のエベレスト登頂者となった。四児の母であるムリ・リンギは山頂で撮影された写真の中で「*Beti Bachao, Beti Padhao*（女の子を救おう、女の子にも教育を）」と書かれたプラカードを掲げている。

知りたかったのは、どうやって今に至ったのかという経緯だ。

以下、インタビュー

TM（ティーネ・メナ）　私は山育ちです。十代の頃は、国境の前哨基地を巡回するインド軍のポーターをしていました。二〇〇一年のいつだったか、おじがアトゥ＝ポプ(1)遺産基金を設立して、この地域のアドベンチャーツアーの促進を始めました。私はインド軍パトロール隊のポーターを務めた経験から、ルートには精通していたので地元のガイドになったんです。二〇〇七年には、マニプールのアスリートたちもトレッキング遠征にやってきました。

MD（ママング・ダイ）　観光で？

TM　いいえ、州政府に招待されて(2)。

TM　アトゥ＝ポプのトレッキングはとてもきつい行程です。メンバーは全部で六十五人いました。アトゥ＝ポプに到着する二日前、グループの男の子たちが、米の残りが四キロしかないから引き返そうと提案してきました。私はとんでもないと思いました。八日間も歩いて今さら引き返すなんて間違っている。それで言ったんです。米に限りがあるならキチュリー*を作りましょうか？　そうすれば、目的地までたどり着けるからって。みんな賛成しました。後に地元の州議会議員がその話を聞き、私の管理手腕を評価し、褒賞として十万ルピーで道路切削の工事を契約してくれました。
MD　どこの道？
TM　まさしく私たちが通ったアトゥ＝ポプに向かう道です！
MD　お聞きしたいのですが、あなたは迷信深い方ですか？　山頂にいるときには、何を考えていましたか？　神々のこと、アトゥ＝ポプのことなど？　あなたの強さの源は深い信仰心にあるのでしょうか？
TM　そうですね。昔、父と一緒に山やジャングルをずいぶん歩き回りました。父はいつも、大木を敬えと言っていました。木を切るときは、なぜそうするのか、なぜ切らなければならないのか、なぜ助けが必要なのかを、その木自身に説明しろと。あと、大きな川に遭遇したら決して挑んではならないとも。「こんなの何でもない、その気になれば渡れる」などと考えてはいけない。自然には常に謙虚であれ。父は常にそう言っていました。
TM　エベレストに登る前に、こんな事件がありました。アトゥ＝ポプは死者の霊があの世

原注1　アトゥ＝ポプは、インドと中国の国境、標高三五〇〇メートルのカヤラ山道に位置する大きな岩が目印の聖地である。イドゥ・ミシュミ族の信仰によると、この場所は死者の魂が来世へ旅立つ際の休憩場所だという。
原注2　二〇〇七年の冬に実施された、カヤラ山道の国境地帯へのトレッキング遠征で、州のスポーツ青年局とアトゥ＝ポプ遺産基金がスポンサーとなった。

へ行くために通る道だと、私たちは信じています。この世とあの世を繋ぐ橋ですね。ある日私は二人の女の子と一緒に仕事をしていました。十三歳と十五歳でした。年下の子が、二十五年前に亡くなった誰かの霊に憑りつかれてしまったんです。夜になると、私は誰かが近くに立っているのを感じたり、時折ジャングルの葉を引っこ抜く音が聞こえたりしました。こういう存在が何となくわかるんです。月明かりの夜には死者が力を持ち、生者の魂を奪おうとするけれど、ときどきかかる雲に邪魔されてしまう。私はこう言いました。誰かの魂を取りに来たなら、私の魂にしなさい。こんな年端もいかない女の子を標的にするのはやめて。この子の安全は私が保証するとご両親に約束して連れてきたのだから。

奇妙に思われるでしょうが……私は霊と対話できて、相手はこう言いました。「そろそろ行くわ。今夜が最後。またあの世で会いましょう」

家にいたときにも、ずっとあちこち飛び跳ねている鳥を見たことがあります……。

MD　どんな鳥ですか？

TM　あれは、（木梁の上の点々を指さして）臙脂《えんじ》色の鳥でした。

MD　大きかった？

TM　いいえ、小さな鳥でした。母が死ぬ前のことです。夢の中で鳥の姿をした霊が私に言いました。何度もお前のところに来ているのに、いつも追い払われてしまう。だから、お前の代わりに他の誰かを連れていってやる、って。三カ月後、母は亡くなりました。そしてさっき言った女の子のところでも、一カ月以内にお父さんが亡くなり、他にも事故で何人か死に、殺人事件もあったそうです。よくわからないけれど、私たちに憑りつこうとしていた霊は二十五年前に自殺した妊娠中の女性だったようです。

だから、私は目に見えない力を信じています。自分たちが万能だとは思いません。あらゆる力には反作用があります。何が起こってもおかしくないし、結果が付いてきます。

MD　エベレストに登るくらいだから、あなたは強い意志をお持ちでしょうね。

TM　ええ、確かに（笑）。インド軍のポーターだったことはお話しましたが――あれは十七歳のときでした。二本のダオ（伝統的な剣）を運んで、魚を釣って、薪割りをして。ありとあらゆる仕事をこなしました。その後、さっきお話ししたトレッキングで地元のガイドを務めたのですが、登山の専門家やスポーツ局の方々もいたんです。そこで私はミーティ先生(1)と出会いました。先生は私に、態度を改め忍耐を学べと言いました。技術を身につけて上達していけば、登山家になれるかもしれないって！

そんなわけで、四人のメンバー――男子二人、女子二人――がスポーツ局にスカウトされました。誰もローインを出たことがなかったのですが、アパリ・ロンボと私の二人は行こうと決めました。将来はツアーガイドになり、小さな店を構えてビジネスをしようと考えていたんです。私たちはマニプール登山トレッキング協会の傘下にある、マニプール登山研究所に入りました。そこではさまざまな探検、環境、エコツーリズム関係のアクティビティや、登山トレッキングが実施されていました。私は最優秀生徒に、アパリは最優秀走者に選ばれました。ミーテイ先生は喜んで、さらに基礎訓練を受けるよう勧めてくださいました。あれは九月のことだったのですが、地滑りで道路が封鎖されてしまいアパリは参加できず、私一人でヒマラヤ登山研究所（ＨＭＩ）の訓練を受けに行きました。国際的な基礎コースで、私は最優秀生徒として金メダルを受賞しました。そのときに、テンジン・ノルゲイ[2]のドキュメンタリーを見て、がぜん興味が湧いたんです。これこそが私の野望だと思いました。ＨＭＩから戻ると、ミーテイ先生が「ティーネ、君のやりたいことは？」と尋ねてきました。私は「エベレストに登りたいです」と答えました。

ミーテイ先生は協力的で、他に役に立ちそうなコースを見ておくから準備しておくようにと言いました。高度順応のコースは必須でした。そしてついに、私はアルナチャル・プラデーシュ州代表として、アッサム登山協会のエベレスト準備コースに参加することになりました。

最初の遠征先は、ジャワハル登山／ウィンタースポーツ研究所で、ジャンムー・カシミール州パハルガムへ行きました。六〇〇〇メートル級の山なら問題ないとわかり、ここなら良い人間関係が築けると思って上級コースの受講を決めました。二〇一〇年、ガルワール・ヒマラヤのシブリン峰登頂を目指したのですが、これは失敗に終わりました。私はあくまでエベレスト登頂の技術を学んでいましたから。しかも、もう一人の登山者が雪盲になってしまい救出に行かなければなりませんでした。アッサム・エベレスト遠征は二〇一四年に予定されていましたが、私はすでに準備万全で、少しでも早く登りたくてたまりませんでした。
問題は遠征費用の工面です。一五〇〜二〇〇万ルピーをかき集めるのは至難の業でした。皆、スポンサーが必要だったので、州首相や州議会議員や政府関係者に会いに行きました。もちろん私も働いて、お金を貯めました。ハジラ（日雇い労働者）ですね（笑）。

原注1　カンガバム・ロメオ・ミーテイ博士は、アルナチャル・プラデーシュ州青年局探検部の顧問である。マニプール州の公職に就き、同州のアドベンチャースポーツと登山活動の推進に尽力し、州出身のエベレスト登頂者を三人輩出した際にも重要な役割を果たした。ステート・エクセレンス・アワード（州優秀賞）の受賞歴があるミーテイ博士は、二〇一一年アルナチャル・エベレスト登山遠征チームを成功に導き、二人の女性エベレスト登頂者を生み出す歴史的快挙を成し遂げた。そのときの女性がティーネ・メナと、十日間で二回もエベレストに登ったアンシュ・ジャムセンパである。彼はまた、インド登山連盟によるインド中国国境のゴリチェン山群遠征のリーダーも務めている。

原注2　テンジン・ノルゲイ・シェルパ：熟練のエベレスト登山家テンジン・ノルゲイとエドモンド・ヒラリー卿は、一九五三年五月二十九日、世界最高峰のエベレスト登頂に人類史上初めて成功した。

MD　どんな仕事を？
TM　石積み、運搬、小口工事、チップ化作業など……。
MD　すごい！
TM　まあ、仕事は仕事ですから。ここから八キロほど離れた場所に卸売市場があって、ほうきの草を一キロ三ルピーで売っているんです。自転車に乗って大量に仕入れて、五ルピーで転売したりしました（さらに笑）。野菜とかコピ（苦いベリーの一種）とか、何でも売りましたよ。自分で集めた資金はだいたい一三万ルピーくらいです。たくさんの人がエベレスト遠征の企画書を読んで、一〇〇〇ルピー、一万ルピー、多い人は一〇万ルピーも寄付してくれました。地区判事も、ビンゴ大会を開催して二〇万ルピー集めてくれました。資金の大半はジンダル・パワー社(1)からの寄付で、合計金額は一五〇万ルピーです。それが二〇一一年の話で、すべてが急ピッチで進み始めました。遠征の二カ月前には、父の結婚式も執り行いました。
MD　結婚式？
TM　はい。母は二〇一〇年に亡くなっています。私はきょうだいの中で最年長で、食生活でも多くのタブーを守っていました。HMIにいた頃もね。それから父に対する責任も感じていました。山は美しいけれど、危険です。一つ間違えば命を落としてしまいます。だから父のことが心配でした。私は父を置いて出ていき、二度と帰らないかもしれない。もう六十歳近くになっていましたから、もし私が戻らなかったときには誰か世話をしてくれる人が必要でした。たとえ戻ったとしても、私は女なので結婚して家を出るかもしれません。だから父と一緒になる人が必要でした。

MD　お父様は何とおっしゃっていましたか？

TM　父はいつでも前向きな反応をしてくれる人です。でも再婚の話については、私がちょっと圧力をかけましたね（笑）。お酒も飲ませたりして！　それからネパールへ出発しました。少なくとも、心残りはありませんでした。たとえ明日死んだとしても、父のお世話をして家を守ってくれる人がいるのだから。

MD　当時、周囲の人たちはどんな反応だったのですか？　あなたがエベレストを目指していることについて。

TM　うーん、反対も賛成もありました。山なんてたくさんあるのになぜわざわざ大金を払ってまで登るのか、ここで登ればいいのに、という人もいました。何と答えたかって？　こ

原注1　ジンダル・パワー社は、アルナチャル・プラデーシュ州で五〇〇〇メガワットを超える水力発電事業を三件、エタリン（ティーネの故郷の村エチャリの近く）で三〇九七メガワット、アットゥンリで六八〇メガワット、中央スバンシリで一六〇〇メガワットの事業を請け負っている。

こにも山はあるけれど、エベレストとは違います。でも、記録を作って勝者として凱旋しなければ説得力がないとわかっていたので、何も言いませんでした。他の人は、わかった、とにかく登って帰ってこいと言ってくれました！

二〇一一年四月一日、元アルナチャル州総督J・J・シン氏の号令で遠征が始まりました。同僚のアンシュ・ジャムセンパ[1]もいました。私たちは一緒に行く予定だったのですが、結局私一人で先にデリーへ向かうことになりました。六〇万ルピーを持参し、デリーでジンダル・グループからの寄付金を受け取りました。本気で装備を揃えなければならなかったのですが、とんでもなく高額でした。それで、カトマンズで中古品店をめぐり、フットギアとダンガリーズボンを買いました。ボロボロだけど、まあいいかと。

申請書を書くなどの事務作業もありました。私は読み書きができないので、若い人たちが手伝ってくれました。四月七日、ルクラ・エベレストベースキャンプに到着しました。ミーテイ先生がそこまで同行してくれて、アンシュ・ジャムセンパは五日後に到着しました。待っている間に私は自前の「煮物」を作って、ガイドたちとの関係づくりをしていました。このときになって、私は不安を覚え始めました。あらゆることがすごい速さで進んでいたから、うまく順応できなかったんです。母を亡くした喪失感に襲われましたが、ミーテイ先生が励ましてくれました。「先へ進むんだ。君のお母さんは『やることをやりなさい！』と言っていた」って。

五月六日、キャンプ2に到着しました。悪天候でしたが、エベレストのルートは開いていると聞きました。そこでシェルパのガイドと私はキャンプ1をとばしてまっすぐ山頂に向かう計画を立てたのです。相変わらず天気は悪かったのですが、この辺りではそれが普通だと思っていました。ガイドも、できると思うなら試してもいいと言いました。酸素がだいぶ減っていたので、先に進んで山頂まで到達できずに戻れば、二回目に挑戦することはできません。ガイドはすでにキャンプ3の準備を始めていました。それで、いちかばちかやってみるしかないと思いました。私はこのために来たのだから。この山に登るために。

同日五月六日、キャンプ2を出発しました。ものすごい強風が吹いていて、進もうとする人は他にいません。私たちはキャンプ4で足止めをくらいひと晩過ごすことになりました。何度もエベレストに登っているアパ・シェルパのテント近くに避難しました。五月八日、ガイドと私はついに山頂に向かうことを決意しました。出発したのは午後八時で、周囲には誰もいませんでした。今でこそ人で溢れているけれど、あのとき、十年前は全くの無人だった

原注1　アンシュ・ジャムセンパ：西カメン県ディラン郡出身のアンシュ・ジャムセンパは二児の母で、二〇一一年五月十二日と五月二十一日に二回のエベレスト登頂に成功した。二〇一七年には、五月十六日と五月二十一日にエベレストに登り、五日間で二回登頂するという女性史上初の記録を打ち立てた。

んです。正直夢の中を彷徨《さまよ》う幽霊のような気分でした。トランシーバーも、食べ物も、薬もありませんでした。ネパール当局が私たちの部署に電話をしたそうです。シェルパと私が行ってしまった、もし何かあったらどうしようもないって。

でも天候は落ち着いてきました。五月九日午前十時十五分、私たちは山頂に到達しました。

MD　どんな気分でしたか？

TM　やった！　ガイドと私はお湯を沸かしてマギー*を半袋食べました。食料はそれで終わり。後の半分は山に置いてきました。その時の様子は私のビデオで観られますよ。ああ、パワーと大きなエネルギーがみなぎるのを感じました。大変な苦労をしてきたけれど、やりたいことに本気で取り組めば叶えられるんだって。母が恋しかったです。母に会いたくてたまらなかった。

MD　お母様は絶対見ていたと思いますよ。

TM　そうですね、きっと。夢のような出来事でした。これから何が起こるんだろう？　私の人生はどうなるんだろう？　下山しながらそんなことを考えていました。

私たちは向かい合って低いベンチに座っている。開いたドアから陽の光が差し込み、青々と葉が茂る背の高い大木の姿が見えた。ティーネは何枚か写真を見せてくれたが、数年前に自宅で火事が発生し、記録の多くを失ってしまったのだという。ローインの新居は広く、高床式のベランダが付いた伝統的な家屋で、エゼ川沿いの森に囲まれた丘に建っている。ティーネは十七人きょうだいの最年長者だ。存命しているのはたった二人、ティーネと妹のみ。妹は今ティーネの幼い息子と外で遊んでいる。二〇一三年、ティーネは夫のプロノフ・メガと共にミシュミ・ヒルズ・トレッキング・カンパニーを創設し、アドベンチャー・ツーリズム、トレッキング、ラフティング、屋外のエイド・ウォールクライミングの推進に努めている。エベレスト登頂者（アルナチャル・プラデーシュ州出身者は十二人）が集まって、ときどき登山に関する議論を交わしていると、ティーネは教えてくれた。昨今のヒマラヤ登山現場の混雑ぶりに鑑みて、登山者の数を制限すべきだと彼らは感じている。また、有名な山と名もなき山を交互に登る可能性についても挙げている。最後の質問：ティーネはアルナチャル・プラデーシュ州の巨大ダムについてどう考えているのだろうか。

ＴＭ　どうでしょうね。巨大ダムができれば、確かに道路や電気などの開発につながります。けれども、一度土地に手を加えると永遠に変わったままで、木々や森や川は決して戻ってきません。

ＭＤ　エベレストの山頂で、あなたが伝統的なマフラーを巻いている写真を見ましたよ。

＊　ネスレ傘下の食品会社が販売するインスタント麺。

TM　ああ（笑）、あれは置いてきました、エベレストに。

ミゾラム州からの文学作品

ミゾラム州からの文学作品について

メアリー・タンプイとフミンタンズアリ・チャクチュアクが、ズバーン社と笹川平和財団がまもなく出版する短編集のために選定、紹介した作品。

ミゾラム州の有名なことわざに「カニの肉は肉にあらず、女の言葉は言葉にあらず」というのがある。このことわざは、植民地時代以前のミゾ族の社会における女性に対する考え方を反映している。口承文化から識字文化への長い旅路の中で、ミゾ族の女性たちはこれらの諺を何世代にもわたって受け継ぎ、彼女たちのなかに深く浸透している。バプテスト派の宣教師二人がミゾ族にアルファベット文字を伝えてから一世紀以上が経過した。にもかかわらず、女性について書かれたものは少なく、女性が書いた作品もミゾラムの既存の出版物や文学作品に登場することはほとんどない。こうしたギャップや女性の沈黙は、ミゾ族の女性は服従を強いる社会に従順であるという神話を広めることにつながっている。ここに紹介したものも含め、ミゾ族の女性による詩、物語、ノンフィクション作品、ストーリーをまとめたアンソロジーはおそらくこれが初めてだろう。これらは女性の願望や欲望、特に書くことへの欲求、常に存在する性的暴行の脅威、表現の問題などを扱っているが、これらは様々な年代のミゾ族の女性が今日の社会にもたらしてくれる豊かな作品のなかの、ほんの一部にすぎない。

このアンソロジーは、ズバーン社と笹川平和財団によってまとめられたものである。

メアリー・タンプイ
フミンタンズアリ・チャクチュアク

書くこと

バビー・レミ

二月二十八日

書かなきゃ。書かなきゃ。書かなきゃ。

書きたいの？　書き方は知ってるの？　何を書くかわかってるの？　どこから始めればいい？　思考が脱線し始めたら、どこで止めればいい？　考えるのはいつ？　考えすぎないようにするのはいつ？　その線引きはどこでするの？　そもそも線なんて引けるの？　動機と目的と目標はあるの？　締め切りは二月二十八日で、ここ数日、「二八」という数字が頭から離れない。これまで締め切りと仲良くできた試しがないから、締め切りの機嫌をそこねないよう、いつも気をつけている。そうすれば、無駄にあがいたり心配したりしなくていい。

だけど今回に関しては、それが難しい。わたしの個人的な問題で。これはずっとやりたかった、書くことだ。自分の物語を伝え、物事や人生の一般的なことやそうでないことについて、自分なりの意見を分かち合い、知恵やそれ以外のこと、成功や損失や失敗の経験を、どうにか言葉として紡ぐこと。もしかしたらそれが、人混みのなかで忙しい毎日を過ごしている孤独な人や、眠れない夜にひとり家で過ごす人に、一瞬の慰めや休息や心地よさを与えるかもしれないでしょ？ 誰もが人に伝える物語を持っていると思う。若い人も老いた人も、自由な人もそうでない人も。

友人に「いつか書くよ」と言ったことを思い出す。大きくなったら作家になりたいと言った。あれは一九九四年。二十七年前だなんて、驚きだ！ わくわくしながらこの真面目な宣言をしたとき、友人とわたしがどこに座っていたのかを思い出す。わたしたちは十年生で*、ボードテストと呼ばれる大学入試に向けた試験を控えていた**。わたしたちを待ち受けている試験がどんどん巨大な怪物と言えるほどの強敵になっていったのは、試験をエリコの壁***のように、いまだに手ごわい敵とみなしている親の世代の影響だ。夜中の三時に母に起こされて勉強したことを思い出す。ミゾの農場の生卵を食べなさいとも言われた。そう、ミゾではそれが当たり前だ。病人や大学受験生、新婚の新郎に生卵を持っていくのだ（新婦には持っていかなかったことを、後になって思い出す）。今でも十年生は重要な時期だと思っているけれど、一九九四年以前のミゾラム州の州都アイゾウルで、親の世代がこのボードテストに抱いていたのと同じような尊敬と畏敬の念を抱くことは決してない。

あの日の夕方、わたしと友人は自分たちと同じような学校帰りの騒がしい高校生で一杯の、アイゾウルの町のバスに乗っていた。あの頃は笑いの絶えない日々で、毎日がお祭り騒ぎだった。何もかもがおかしくて、わたしたちは大笑いしすぎて、ちょっとおもらしすることも本当にあった。化学や数学の試験がある日の朝には、校舎が崩壊しますようにと一緒に祈った。ここであなたにも無謀な青春時代の真剣さや情熱を思い出し、感じてもらいたい。あのとき、風が吹いたのか、ニワトリが鳴いたのかは覚えていないけど、真ん前に社会科Iの先生（そう、社会科IIもあった）が座っていたのはよく覚えている。それでつい、隣に座っている親友に、必要以上に少し大きな声ではっきりと言ったのだった。大人になったら作家になる、というのは、宣言というよりも神聖な誓いだった。今でもこのときの記憶がよく頭をよぎるけれど、実のところ、この過去の小さな出来事を何度も思い出すたび、やる気よりも

＊　日本の高校一年生に当たる。
＊＊　インドでは十年生と十二年生の終わりに全国共通試験を受ける。
＊＊＊　旧約聖書でモーゼの後継者ヨシュアがエリコの町を占領しようとしたが、城門は堅く閉ざされ、誰も出入りできなかった。

罪悪感が生まれてしまう。わたしは昔から書くことも読むことも好きだったけれど、必要以上にはやらない。特に最近は。昔は真面目に日記をつけていて、次に手紙、今はフェイスブックにたいていい「自分のみ」の公開設定で投稿している。自分の小説や本がどんな風に始まり、どんな装丁になるのかと考えることがよくある。ただ、正直なところ、そこまでだ。出版できるほど具体的な形にはならない。どうせ本を読んだり買ったりする時代ではないのだから、と自分を慰める。誰も本を読まなくなったし、本屋は絶滅寸前だ。

だから、執筆依頼を受けたとき、ずる休みが見つかった子どもみたいな気分になり、ホッとしたのと同時に不安にもなった。帰っておいでと言ってもらえた放蕩娘といった方が近いかもしれない。これは罪悪感に苛まれていたわたしの良心を解放するために訪れた運命だ、とわたしは捉えた。編集者からはミゾの文化やジェンダー、アイデンティティーに関連することを書いたらいいとすすめられ、承諾した。かなり胸が高鳴った。それが去年の十月で、今日は二月二十三日。いまだ苦戦中だ。書くことが何も浮かばない。何度か書こうとはしてみた。ミゾのアイデンティティーと文化に関係することを。だけど途中で行き詰まったり、話がそれたり。そんなのを見せても良さそうなのは、ワッツアップ（WhatsApp）でグループになっている母と妹しかいないけど、母は英語がまったくわからず、妹は三児の母親として忙しい日々を送っている。だから結局、深夜に送るまとまりのない長文は、たったふたりの読者にすら読まれていない可能性が高い。でもそんなことはちっとも気にならなくて、授業や料理、庭仕事、睡眠の合間を縫って書いたものを送り続けてきた。わたしはボンベイにあるIBスクール*の中等部教員であり（非常に特殊な情報の必要性を理解している人に向けた非常に特殊な情報）、母であり、妻である。（ロックダウン以降）ベランダガーデニングにすっかりはまり、スペースがなくなってきたので、今は様々な形や大きさの鉢を並べ替え、土や種、ココピート**、肥料など、わたしを物理的にも精神的にも束縛するような物をあれこれ買う。さらに何よりも重要な役割が、フルタイムの〝家庭内〟大臣だ。一家の主である夫は、最前線で働く多忙な銀行員なので、物理的に出勤する必要がある。その夫もまた、わたしの気分がいいときには、とりとめのない文章を勝手に送りつけられる。（まあ、わたしはオンラインで授業や仕事をしているから、忙しさの点でいえばいい勝負だ！）

ざっと説明すると、わたしはこんな風にして、過去や子ども時代、近所の人たち、今はもう亡き愛する人たちの思い出を蘇らせていった。その過程で出てきた多くの謎は、母が快く教えてくれて解明できた。自分たちの考えや経験をじっくり考え、内省し、受け入れたこと

＊　ジュネーブに本部がある国際的な教育プログラムを提供する国際バカロレア機構が認定した学校。
＊＊　ナッツを原料とした土壌改良材や園芸培土。

で、わたしだけでなく家族にとっても、すでに豊かさと浄化作用がもたらされている。

突然、書くことがたくさん浮かんできた。ミゾの文化やアイデンティティーを反映したものにしたくて、それにぴったり当てはまるものにしようとがんばってきた。以前ミゾの神話や信仰、文化やコミュニティ、民間伝承や信念体系について書いたときのことを思い出し、その路線を継続すべきだと感じた。子どもの頃に大好きだった、大人になるまで何度も読み返した本や、自分の考え方や想像力に影響を与えてくれたミゾの作家たちを思い出そうとした。アイゾウルの町で過ごした時期が短いので、その文化や伝統の豊かさを書くには限界があるようだ。突然、村での子ども時代を思い返したくなった。ミゾの本物の独特の文化的な要素を捉えた文章を書くために。わたしはいつもミゾのすべて――言語、食べ物、家族、信念体系――が自分のルーツだと思ってきた。それなのに、自分は偽物で、よそ者で、亡命者だと感じる。わたしがミゾラムを離れたのは、まだ十七歳のときだ。大学、就職、結婚と、人生の半分以上をミゾラム以外の場所で過ごしてきた。そんなわたしに、ミゾの文化的な精神を捉える資質があるのだろうか？　ミゾの物語を伝えるのに必要なエッセンスを求めていたし、それが欠けていたことにも気づいた。村の生活の美しさや苦労といったミゾラムのすばらしさの数々を引き出せる術《すべ》が、わたしにはない。

人生には欠点や限界が付きものだ。わたしはミゾにもどる決意をした。

すべての物には独自の時間、空間、知の女神ミューズがいるということに気づき、受け入れることにした。だから、流れに身を任せて、心に浮かんだものを書こう。わたしはまだまだ発展途上だけど、進化している。わたしの文化も、わたしのアイデンティティーも、わたしという存在も一緒に。わたしが考えること、やること、そして何者であるかということには、これから先もずっとミゾのルーツが反映されるだろう。たとえどこにいようとも。わたしはミゾに根を持つ枝なのだから。

ミゾラムでの生活は完璧ではない。子ども時代は足りない物が多かったけど、シンプルで美しかったのは間違いない。わたしの世代は幸運にも、家の隣に果物や木がたくさん植わった庭があった。両親はもともとアイゾウル出身ではない。二十代前半の若いカップルだった両親は、自分たちの家族から離れて、ラムルンサウスと呼ばれる地域で小さな家を借り、子どもを育て、家庭を持った。母は高校にほとんど通わないまま結婚した。両親はわたしと妹の教育に全力を尽くし、英語ミディアム校*に通わせた。学校から帰ってくると、母が苦労して作った問題が、美しい筆記体でノートにびっしりと書かれていた。そして、母は毎晩わた

＊ 授業を英語で行う学校。多言語国家のインドでは教育も各地の各言語で行われており、授業で使われる言語をミディアムと呼ぶ。

しにすべての問題を読んで勉強させ、解いた問題の添削をして、ケアレスミスがあればわたしの額を一、二回軽くはたいた。子どもの頃の母の印象は、料理上手ではなく、いつも厳しい家庭教師だった。そんな母が、いつ親友や相談相手に変わったのだろう？　母の厳しい愛に気づいて理解できるようになったのは、結婚する少し前だったと思う。

勉強が終わると、母はわたしを座らせて、ミゾ語で書かれた聖書*の詩を暗記させた。正しい発音、イントネーション、声の変調、そしてジェスチャーや表情などの〝アクション〟に気をつけながら、一語一語をはっきりと繰り返すのだ。ただし、〝アクション〟をやりすぎると、朗読（八〇年代から九〇年代にかけて、ミゾラムの教会や社交場で非常に人気のあった〝特別な催し〟と呼ばれた芸術的パフォーマンス）の威厳や優雅さが損なわれるし、逆に少なすぎると退屈になる。母は、言葉の美しさと深さを表現するため、バランスよく朗読するよう気を配った。わたしが何を暗記しても、母はその倍の量を暗記していた。六歳のとき、わたしはすでに詩篇、ヨブ記、イザヤ書、箴言《しんげん》などの多くの詩や章を熟知し、教会のプログラムや行事で暗唱していた。同年代の子どもたちは教会で数節を暗唱するだけだったけど、わたしは一章だけでなく、ときには二章も暗唱するほどだった。ひどい運動音痴で、ダンスや運動全般が苦手だったけれど、母のおかげで、子どもの頃からかなりの才能と知性を自分でも感じていた。

あるとき、母が突然泣きだしたことを思い出す。あれは聖金曜日**の朗読会の準備をしていたときだった。わたしの朗読のために母が選んだのは、教会賛美歌集に載っていた〝クリスチャン・フラブ〟の詩だ。その夜はなぜか記憶力が働かなかったので、よく覚えていないのだけど、母のあとについて、一行ずつ何度も何度も繰り返した。そのおかげで、頭のなかは三日間「アクバルは、アクバルは」というフレーズで占領されていたほどだ。なのに、ひとりで暗唱しろと言われるたびに、きょとんとした顔で母を見かえした。一時間後、いらだたしいオウムの調教に嫌気が差した母は、暗記できないのはわたしの前髪が長すぎるせいだと考えた。ハサミが出てきて、わたしの前髪はまゆ毛の上六、七センチのところで、それまで以上にまっすぐバッサリとカットされた。母によると、わたしの頭が働かないふたつめの理由は〝いいお風呂〟に入っていないからだった。〝いいお風呂〟というのは、毎週土曜日の子どもの頃の習慣で、家のなかで一番痛そうな軽石で母にこすられ、その後、無添加のグリセリンと水とローションを合わせた母の化粧水をごしごしとすり込まれることだった。母が妹とわたしを心ゆくまで〝いいお風呂〟に入れてくれるたび、この人は実の母親なのだろうか、

＊　イギリスによるキリスト教布教が成功したため、人口の九割を占めるミゾ族はほぼキリスト教徒である。
＊＊　死から生へと移るキリストの過越を祝う三日間のうち、受難と死を記念する日。

それとも、継母なのだろうかと疑問に思った。ミゾの民話に出てくるマウルアンギの継母の遠い親戚かもしれない。その日の夜、母が自分のお気に入りの軽石でわたしの肘や膝をこする様子を見て、その疑問は確信に変わった。母は絶対に、かわいそうなマウルアンギのぐうたらで意地悪な継母C・ビングタイトゥキと血のつながった姉妹だ！　軽石でこすっている間、母はずっとこう言っていた。「まだ六歳なのに脳がすっかり錆びてしまってるから、もう二度と教えないわ」でも、わたしの罪は母お気に入りのあの軽石によって洗い流されたのかもしれない。水曜日の夜の〝いいお風呂〟の終わりに、なぜだかわたしの脳は会心の一撃をくりだしたのだ。わたしは賛美歌集（ＫＨＢ）の一六九番を朗読し始めた。

「トゥランモイ・タク・チュ・ア・オウム、ラム・フラタカ・チュアニン。
トゥイプイピア・ラム・ヌアムタカチュアニン。
ア・ヒングゥルムナ・ラルパ・チュ・ア・ティ・タ、
ケイ・レ・ナング・レコヴェイル・タン・ア・ニ」

　母は恐くて動けなくなった。そしてわたしは、すぐに許してもらえた。わたしが一章、二章、三章、四章と朗読していくと、母が途中で止めた。四章は母に助けてもらって朗読した。いまだに母とわたしはそのときの話をする。今でもわたしは、仕事やプライベートで精神的に行き詰まると、髪を切ったり、温かいお風呂に入りたくなったりする。息子が何かを理解しきれないとき、「寝なさい」と息子に言う。なぜなら、脳には学んだことや蓄積された知識をあとで思い出す機能があると知っているからだ。

ところで、わたしが書こうと思っているのは、名前や一族、部族についてだったのだが、驚いたことに、脳には過去を蘇らせるというか、無意識下にあるものを顕在化して浮かび上がらせる機能がある。それによってわたしの意識は、愛する亡き祖父の視点から見た、愛と名誉と誇りのある場所に連れていかれた。そして父が使い切ったビタミン剤の瓶に植えた紫のヒヤシンスを思い出した。わたしは日曜学校の初級クラスで花を持っていく番になると、それを持っていっていた。ミゾでは花を〝ペプイ・パーラ〟と呼ぶ。エキゾチックな響きはないが、つつましくてひかえめな、まさにミゾの本質的を捉えた響きがある。どう考えても、二十七年も先延ばしにするべきじゃなかった。書くことはたくさんあるのに、時間がない。締め切りに間に合わせようと焦ったり、悩んだりしているうちに、同じ二月二十八日の父の三回目の命日があまり辛くなくなってきた。この行を書いている今、二十八日は明日にせまっている。そのうち、父のことをもっと書きたくなるのはわかっている。そうすれば、紫のヒヤシンスの花の物語も、自然と書けるようになるだろう。

そうこうするうちに、すべての物語の謎が解け、わたしたち家族を癒やし、安らぎを与えてくれるだろう。

まだ見ぬ肖像画

シンディ・ゾタンプイ・トゥラウ

「あなたは新しい世代の女性として生まれて幸せね」パリが祖母レンギのこの言葉をよく思い出すのは、あの晴れた蒸し暑い日の展覧会のときのように、物思いにふけるときだ。朝飲んだ二杯のコーヒーのほろ苦い香りが柑橘系の香水とみごとに調和し、会場に漂うむっとするほどの絵の具の匂いを和らげている。パリは会場内を二度歩き回った。一度目はテーマをさっと把握するため、二度目はそれぞれの絵をしっかりと見るため。

まだ時間はある。彼女はもう少し座っていることにした。正確には二時間以上。ここは何も気にせず自由に考えられる場所だ。週末といえば、部屋を掃除したり、ふいに立ち寄る来客にお茶を出したりしている。でもここはまったく違う空間で、ひとつひとつの絵が見る者を誘い、パリのわきたつ好奇心が空想の扉を開いていく。

ある絵に、緑豊かな丘の上にポツリと立つ竹小屋が描かれていた。そばには鮮やかな赤いケイトウが咲いている。そこに広がる穏やかでひっそりとした風景は、賑やかなアイゾウルの街では珍しい。どの絵もたいていミゾの村の風景と村人が描かれていて、女性たちは機織りをしたり、丸太や水を竹かごで運んだり、米をふるったり、赤ん坊を背負ったりしている。

「おばあちゃんが言っていたのはこういうことか」とパリは思った。九十歳のレンギが結婚したのは十七歳で、パリの父親は九人きょうだいだ。ヤシ糖入りのミルクティーを飲みながら、祖母は若い頃を思い出して言った。「おじいさんが初めて会いに来たとき、わたしは畑仕事をしていたのよ。最近の若い子は、運動不足で不健康でしょ。だけど、わたしたちの時代はそんなことはなかった。毎日働きづめだったからね。結婚するのは本当に恐かったけど、母の意見には逆らえなかったの」

　レンギはその生涯において、めまぐるしい変化を目の当たりにしてきた。祖母がひとつの出来事を語るとき、最初に意味ありげな間があく。まるでゾッとした出来事を追体験しているかのように。少し冷めたカップを両手で持ち、レンギはため息をついた。「パリ、あなたにはラムブアイ*の混沌とした時期の苦労は理解できないでしょうね。外出禁止の開始を知らせる合図がでたとき、わたしは市場にいた。みんな大急ぎで家に向かい、お米の袋が床に散らばっていた。わたしもまっさきに子どものことが気になり、走って家に帰った。あの時代、母親は子どものことが心配でたまらなかったものよ」

祖母の時代に比べれば、パリの人生が気楽なのは間違いない。いつも祖母の考えに同意するというわけではないが、とても尊敬している。ただ、昔から変わらないこともある。たとえば、女の子は家事をするように、男の子は外で遊ぶようにと教えられるのだ。幼い頃、レンギが家族のために料理をし、さらに機織りや庭仕事までこなして、へとへとになっているのを見ていた。それなのに、社会的な仕事をしている祖父の方が評価されていた。

物思いにふけり始めて三十分ほど経った頃だった。「考え事してるの?」と右の方から聞こえてきた。振り向くと、大学の男友だちがいた。普段着姿で、肩には真面目な学生の定番、キアンコイ・イプテ**がかかっている。

「ディカ、だよね?」とパリは答えた。「いつからいたの?」彼がそこにいても驚きはない。この町ではどこに行っても顔見知りがいる。

展覧会に向かう途中、学校や地元で知り合った四人から「どこへ行くの?」と聞かれたけど、これは公の場での一般的な挨拶だ。返事をする頃にはすでにかなり通りすぎている。反対の方向に歩いているんだから、会話なんてできっこない。

ディカはパリから二、三フィート離れたところに座って答えた。「今来たとこ。友だちがこの展覧会を教えてくれて、家にいても暇だったから。気に入った絵はあった？　ひとりで来たの？」

そういえば、そんな風に考えもしなかった。作品の好き嫌いを、今のおおらかな気分で決めるのは難しい。「うん、ひとりで来た。自然が好きな人には良さそうだね」

ディカは本当かどうか確かめるために会場を見回し、コーナーに飾ってある絵を指さしていった。「あれは目立ってるね。アートのことはよくわからないけど、ミゾの文化の紹介の仕方が好きだな」

パリは絵のそばに行き、よく見てみた。背中を向けて座る女性。その体はプアンチェイと呼ばれるミゾの装飾布でゆったりと包まれている。布をしっかりと握りしめていて、細い背中から肩甲骨が突き出ているが、その姿は布で体を拘束しようとしているかのようだ。

純粋に興味がわいたパリは尋ねた。「これは何を表してると思う？」

「ぼくが見る限り、美しくてやさしいミゾの女性の肖像画。他にどう見える？」

それこそが、パリの抱いた疑問だ。初めてプアンチェイを見たのは、おばの結婚式で母《アヌ》が

＊　一九六六年にミゾ国民戦線が独立を求めて暴動を起こしたが鎮圧される。独立運動はその後二十年続き、一九八六年ミゾラム平和協定が結ばれた。
＊＊　ミゾの手織りのショルダーバッグ。

着ていたときだったと記憶している。六歳だった彼女は、アーモンド形の丸い目で鮮やかな色の模様をなぞりながら尋ねた。「ママが着ているのは何？　教会の女の人も同じのを持ってるわ」

母は微笑みながら答えた。「これはミゾの貴重な織物の芸術品、ポイテよ。お祝いのときに着るの。あなたも大きくなったら着られるわ。素敵でしょ？」

母も、祖母も、曽祖母も、みんなプアンチェイを着ていた。母の言ったとおりだった。プアンチェイはとても素敵だったし、あの日以来、パリは何度も着ている。

目を細めて絵を見ながらつぶやく。「顔が見えないのが残念なんだよね。自分の姿をこうやって人に見られているのに、自分だってわからないんだよ。画家がわざと彼女の顔を描かないようにしたせいで」

ディカは笑いながら言った。「考えすぎだよ。画家は絶対そんなこと考えずに描いたんだって」

「そこがポイントなの。画家はよく考えるべきだよ。真っ白なキャンバスの上では、一筆一筆が大切なんだから。だからといって、それで何もかも伝わるわけじゃないけど」

ディカが音を立てて息をのんだあと、数秒間の沈黙が続いた。そういえば、彼とこんなに長く話をしたのは初めてだ。仲間内ではパリはシャイだったが、何かを強く感じたときには臆せず自分の意見を言うことでも知られていた。

ディカがようやく口を開いた。「きっと、これはこれでいいんだよ。ミゾの女性なら誰でも良かったのかもしれないし、それだけのことかも」

パリはこれまで関わった女性を思い浮かべながらつぶやいた。「だけど、女性のイメージってこの絵のイメージより、もっとずっとたくさんあるから」

レンギを思い浮かべる。体の無数に枝分かれしたしわの数ほど多くの経験をしてきた彼女は、最高の物語を聞かせてくれる。それから母。一族のなかで初めて教育を受けた母は、子育てをしながら大学に通った。他にもたくさんの女性が、記憶の万華鏡のように心に浮かんだ。

あるとき父《アパ》が、白人も敵わないほど勇敢な女の酋長の話をしてくれた。それ以来、自分も勇敢になろうと思ってきた。他にも、並外れたすばらしい女性の物語をたくさん聞いてきた。そのひとりひとりをキャンバスに収めるのは不可能かもしれない。今はまだ、女性のイメージは限定されていることが多いので、複雑な気持ちになる。パリが求めていたのは、まだ見たことがない肖像画、つまり実在する人物の物語がありのままに表現されたものだったのだ。

遅くなったと思って時計を見ると、午後四時を回っていた。

パリは微笑んでディカに言った。「さて、まだ話していたいのは山々だけど、もう行かなくちゃ。会えて良かった」

「ああ、そうだね。ぼくも行かなきゃ。大学が始まったらまた会えるよね？」とディカ。ふたりは手を振り、別れた。

　今日はもう十分物思いにふけった。カフェインが抜けて、太陽も消えている。展覧会を満喫して、自分のことをもっと深く理解して帰宅した。パリがどこに行ったとしても、彼女が見聞きした女性のそれぞれの物語が彼女の血管に根づいている。それらの物語はこれからもずっと、パリが世界を見るときのレンズであり続けるのだろう。

マニプール州からの文学作品

マニプール州からの文学作品について

シングナム・アンジュリカ・サモムが、ズバーン社と笹川平和財団から出版された『言葉を紡ぐ――マニプールからの文学作品』のために選定、紹介した作品。

マニプールの歴史と伝統において、女性たちは何世紀ものあいだ中心となって活躍してきた。たとえば、一九〇四年と一九三九年のヌピ・ラン（女たちの戦争）でイギリス政府と戦った勇敢な母親たち、女性専用市場ヌピ・ケイテルで経済的アイデンティティーを確立した母親たち、そして最近では、〝生きる権利〟のための戦いメイラ・パビやイロム・チャヌ・シャーミラに参加する母親たちなどだ。正義のために戦おうと棍棒を手にしたマニプールの女性は、優しい踊り、労働歌、子守唄、そして子供たちに伝える民話を通して、芸術と文化の宝庫でもあった。文学の分野でも、二十世紀後半には女性作家の作品が多く生み出されているが、マニプールで文学が存在したという記録は八世紀だという点と、これまで男性優位の社会だった点を踏まえると、これは驚くべきことだ。

ここに紹介するマニプールで生まれた七つの物語は、マニプールの女性作家たちの豊かな文章の一例だ。彼女たちは、マニプール社会における女性の地位について、また、長引く武力紛争が彼女たちの生活に与えた影響について語っている。チョンタム・ジャミニ・デヴィの「台所仕事」、ハオバム・サティヤバティの「夫の子」、スニータ・ニンゴンバムの「ツケの返済」、ニンゴンバム・スルマの「敗北」は、女性の声と力を抑圧する根強い家父長制的価値観を様々な側面から暴露している。ネプラム・マヤの

「深紅のうねり」、ニンゴンバム・サティャバティの「我が子の写真」、グルアリバム・ガナプリヤの「夜明けの大禍時」は、州の武力紛争がマニプールの女性の生活や心にいかに影響を与えているかを描き出している。

これらの物語は、インド北東部の小さな庭に咲いたさまざまな花のようなものだ。その丘と谷の庭には、豊かな文化と長年にわたる文学の伝統がある。花のひとつひとつが、この小さなインドの州で暮らす人々の生活、信念、苦闘を物語っている。また、この地で暮らす女性たちの生活と考え方や、長引く武力紛争で荒廃した地域の混乱ぶりをも伝えている。ズバーン社と笹川平和財団の尽力を通して、これらの物語が日本語で語られることにより、第二次世界大戦中に初めて結ばれたマニプールと日本の絆が再び結ばれる。

シングナム・アンジュリカ・サモム

台所仕事

チョンタム・ジャミニ・デヴィ

エカシニは早朝からずっと愚痴っている。部屋を掃きながらとめどなく文句を言い続ける……まるで、まだ眠っている夫に聞けと言わんばかりだ。

「男はなんてなまけ者なの！　掃き掃除にモップがけ、水汲み、洗濯、料理——家事は全部女の仕事だっていうのに、男は女がどんなことをしてるかよく知りもしないし、どれだけ大変かもわかってない」と、声に出して言う。

エカシニは続ける。「しかも、それだけじゃない！　女性を縛るルールが多すぎる——女はこれをしちゃだめ、あれをしちゃだめ、これは不浄、あれは清浄……月に一度は他にも制限される。こんな服やあんな服に触れちゃだめ、料理はするな、水を汲むな、ってね」

そんな彼女の長広舌を、息子のボボが遮る。「ママ、授業に遅れるよ。ズボンとシャツを出して。それからお弁当も」

「もう大きいんだから、自分のことは自分でやりなさい。押し入れから服を取ってきて着替えて。それからお弁当だけど、今日はお父さんが作る日よ。だけど、まだ起きてこないから、お父さんを起こしに行って頼みなさい」

それから彼女はまた独り言にもどる。「男が作ったそんな法律や習慣が、女をずっと縛り続けてる。それに、たくさんの仕事を女性に押しつけてる！　子育ても女の仕事だって言うのよ。今の時代、女がひとりで子どもを育てられるっていうの？　近頃の子どもはいろんなことを見聞きしているわ！　確実に周りからの影響を受けてるっていうのに」彼女はモップがけをしながら熱弁を振るい続ける。

夫のイボチョウバはまだ寝床の中にいる。しかし、妻が吐き出した言葉はすべて聞こえている。横を向いて、妻に呼びかける。「愛するエカシニ！　まだ言いたいことがあるのか？　もう終わらせて、起こしてくれよ。それから、紅茶を一杯持ってきてくれないか」その言葉はエカシニをさらに激怒させただけのようだ。彼女は声を張り上げて、大げさなほど丁寧に答える。「わたし、今日は台所に入れませんので、お茶を入れられないんです。早く起きて、ご飯を作ってくださいませんか」

イボチョウバが大声で言う。「はあ？　なんだって？　おれが？　料理を？」

「ええ、今日はあなたが料理をする日です。子どもが学校に遅れるわ。間に合うように、食事を用意してあげなきゃ。さっさと起きて」

エカシニは続ける。「他には何があったかしら。『この地域では、女性は男性が叩く太鼓の音に合わせて踊らなきゃならない。それに、月に一度の生理がくると、不可触民*とみなされて、台所は立ち入り禁止。不浄と呼ばれて、ほとんどの物には触れることさえ許されない』。あなた、そう言ってたわよね？　今わたしは不浄な女で、あなたは清浄な男。だから、今日はあなたが料理をするしかないの」

夫は言い返す。「女ってやつは！　料理とかたわいもないことで、どうしてそこまで愚痴るかね。トングがあれば炭火に素手で触れなくていいって言うだろうが。そうだよ、不浄なんだったら……！　わかった、ちょっと待ってろ。料理してやるよ。おれの料理は唇や舌を噛みきるくらいおいしいんだ。指まで舐めてしまうぞ」

イボチョウバは入浴したあと、洗い立てのクデイ**を腰に巻いて、台所に入る。その途端、

＊　ここでは冗談として使われている「不可触民」という言葉は、現在では差別用語とされ、代わりにダリット（抑圧された人びと）が使われる。マニプール州はヒンドゥー教信者が多くカーストも存在する。
＊＊　マニプール州の男性が伝統的に腰に巻く布。

次から次へと命令が飛んでくる。

「おい、聞こえてるかい?」

「どうしたの?」エカシニが姿を現す。

「こっちに来て、調理しなきゃならん材料を渡してくれないか」

「自分で野菜カゴから取って、やることをやってちょうだい」

「ずるい奴め!」

「どうしろっていうのよ。わたしは不浄で、物に触れちゃいけないんだから、野菜にもさわれないでしょ」エカシニがぴしゃりと言う。

「物にさわれないなら、子どもを呼んできてくれ」

「勉強中よ」

「エカ! 今日は絶対お仕置きだからな」

エカシニは黙って歩き去った。

イボチョウバに選択肢はない。風習と伝統を守るために、自分が料理をしなければならない。太った体を椅子《モーラ》に乗せ、野菜カゴを漁ってマスタードの葉とフッカーチャイブ*を取り出す。そして、マスタードシチューの準備を始める。米びつ《チェンブー》から米をすくい取り、水加減など気にせずに、水が入った鍋に大量の米を入れ、鍋のふたをしたら、火を弱めてぐつぐつ煮る。

その間に別の鍋で油を温める。その熱い油のなかへ、ほぼ垂直にフッカーチャイブを入れたせいで炎が上がる。〝ジュー、ジュー、ジュー〟と音を立てるフッカーチャイブが、一切れ鍋から飛び跳ね、彼の頰に貼りつく。

「これはなかなか大変だな」頰をなでながらつぶやく夫。

これまでは、月経で台所に立てないときは、隣に住む姪のスマティに妻が頼んで料理を作ってもらっていた。しかし今日、スマティはいとこの結婚式の準備を手伝いに行っていて、挙式の五日目に行われる大宴会が終わるまでもどってこない。頼みこんで料理をしてくれる人がいないので、まったく料理の知識がないまま、イボチョウバは初めてのこの役割を果たさなければならない。

再び姿を現したエカシニが、大きな声で少し厳しく批判する。「お米に火を通しすぎだね。焦げ臭いよ。舌先を嚙みきるくらいおいしくなるんじゃなかったの？」

エカシニが見にきたちょうどそのとき、イボチョウバは涙目を必死にこらえていた。そのほんの数秒前、付け合わせの発酵した魚に入れる唐辛子を指でつぶしていたのだが、目の周りがかゆくなり、その手でこすってしまったのだ。しかし、妻には知られたくない。料理な

＊ インドに自生するネギに似たハーブ。

んてお手上げだと感じつつも、平然とした様子でこう言う。「おいおい。ここでゴタゴタ言うなよ。聞きたくないね」

外から呼びかけの声がきこえる「おーい、家にいるか?」

夫の友人トムチョウは返事を待たずに勢いよく家に入ってくる。親しい間柄なので、足を止めずにまっすぐ台所に向かってくる。

「うわ、どうした? 今日はなんでそんなことをしてるんだ? おまえがおたまとトングを持ってるなんて! しかも台所で!」

イボチョウバが答える。「今日はおれが料理をする日なんだ。風習や伝統とやらは、いろいろとやっかいでね」

「もちろんだ! 昨日、おまえの義理の妹ランドホーニと妻が仕事で出かけたんだが、友人が何人か来てたんで、自分でお茶を入れなきゃいけなかったんだ。そのあと妻がもどってきて、どれだけ文句を言われたことか。やれ『一週間分の茶葉と砂糖を使い切った』だの、『ミルクがこぼれて焦げたポットをこすり洗いするのが大変だ!』だの。あれやこれやでわめき散らしていたよ!」

ふたりはベランダに出て話を続ける。そして共通の結論にたどり着いた。女性が家事で直面する大変さを理解するには、時々男が料理を担当するのが最善の方法なのだと。

台所仕事

マニプリ語からの英訳：シンナム・アンジュリカ・サモン

この短編は、マニプリ語で『チャクム・パリ』というタイトルで、チョンサム・ジャミニ・デヴィ博士が書いた短編集『チェクラドゥギ・アロイバ・ビダイ』に初めて収録され、二〇一〇年に著者がマニプールのライターズ・フォーラムのために出版したものである。

夫の子

ハオバム・サティャバティ

モドゥは早朝からベランダに座っている。深く考えこんでいるようだが、何を考えているのかはわからない。心のなかにあるのは、喜びなのか、悲しみなのか、定かではない。

料理の手を止めた妻のイベムチャが急いで台所から出てくると、無言で夫を見ては、また台所にもどっていく。彼女の頭の中は混乱していて、不安で全身が緊張し、目の前のことに集中できないようだ。意味不明なことをつぶやいている。昨夜の夕食と思われる、手をつけていない料理の皿が、台所の片隅に整然と置かれている。

イベムチャがまたやってきて、夫を見て言う。「あの子はどこに行ったのかしら。探しに行ってきてよ」

「どこを探しに行けと言うんだ？　もう子守が必要な幼子じゃない。あいつだって自分で、もう大人だし、自分のことは自分でできると思っているからこそ、出て行ったんだろう。そのうちもどってくるさ」

イベムチャはその返事に納得がいかない。「あの子に何かあったらどうするの？　どうしてそんなに無関心でいられるの？」

モドゥは少し声を荒げる。「じゃあ、誰に聞けというんだ？　新聞に尋ね人として載せたり、警察に捜索願いを出したりしろというのか？」

ひどく腹を立てたイベムチャが大声で言い返す。「見つからなければ、新聞に載せるなり、警察に行くなりしてちょうだい。だけど探しもせずに、どうやって見つかるっていうの？せめて、まずは辺りを探し始めてよ」

彼女はくるりと背を向けて家の中にもどるが、しばらくすると、家の中からこう言う。「いいわよ。だれも何も言わないし、何もしない。それなら、わたしが探しに行くわ」そして、着替えのために自分の部屋に行く。

それを聞いたモドゥは長男に声をかける。「イボハル、あいつの友人のところに行って、居場所を知っているか、聞いてみてくれないか？」

「父《パ》さん《ジ》、仕事があるんだ。遅刻してしまう。イボサナなら行けるんじゃないかな」

大学入試を控えて勉強している次男のイボサナは、そのやりとりを聞いていた。そして、勉強机に向かったまま、馬鹿にしたような口調で答える。「この間、父親の家に行くと話していたと、北隣のサファバが言ってたよ」

話の一部始終はイベムチャの耳に入っている。家族のひとりが昨日から帰ってこないというのに、誰も心配したり、不安に思ったりしていないようだ。こんな会話がかわされるのには理由がある。長男にとっては仕事のほうが大事。次男はみんなを馬鹿にするかのように噂話をするだけだし、父親は何も気にせず、無関心。心配でたまらないのは、母親のイベムチャだけのようだ。

大変な苦労をしてきたこの家族にも、ようやく幸せな日々が訪れ始めたところだった。モドゥとイベムチャが結婚したとき、彼らの三人の子どもはすでに生まれていた。イベムチャがこの家*に来たのはモドゥの長男がまだ幼い頃だ。彼女は赤ん坊だった自分の息子を背中に負ぶっていた。

当時ふたりは一緒に暮らすと決め、お互いに真摯に向き合い、こう誓い合った。妻はすでに家にいるふたりの子どもを自分の子どものように愛して育て、夫も同じく、妻が連れてきた幼子を実の子のように愛し、育てる。夫の二人の子どもと妻の一人の子ども全員を、自分たちの子どもだとふたりで決めた。ふたりは一緒に子どもたちを育てるうちに、涙もろい未亡人でも、怒りっぽい男やもめでもなくなり、家族として幸せに暮らしてきた。しかし、先にこの家にいた二人の子どもたちは知っていた。新しい母親は血がつながっておらず、末っ子はどこか別の土地からやってきたことを。

人間は共に生き、社会を形成している。しかし逆に、この社会が人間関係を壊すこともある。これは人間自身が仕掛けた罠だ。末っ子は、家にも、親の元にももどってこない。父親はよくこう言った。「あの子は言うことを聞かないし、言葉にはできない苦痛をわたしたちに与えている」しかし、イベムチャは毎日のように繰り返し言う。「わたしの聞き分けのない子よ、帰りを待ってるからね」ずっと息子のことが心配でたまらないイベムチャは、何事にも興味が持てなくなり、食欲もなくなって少しずつ体調を崩していった。

そんな妻の様子を見たモドゥは言う。「おまえが愛しているのは実の子だけなのか？　二人の子どもがおまえをどれだけ愛していることか。彼らがあれだけおまえを助けてくれているのに、ありがたく思っていないようだな」

イベムチャは答えない。彼女の体が徐々に弱っていけば、すぐに寝たきりになってしまう。

＊　妻のイベムチャは北東部マニプールの出身であり、この家族が住んでいるのはインドの首都デリーの近郊と思われる。

二人の息子は言う。「母さん、心配しないで。欲しいものがあったら言って」しかし、イベムチャは一言も話さず、ただ黙っているだけだ。彼女の心の奥底には深い悔しさがあった。反抗的な自分の息子も、以前はそうでなかった。このことは、母親の小さな胸の内だけにしまわれている。

長男のイボハルが政府の融資を受けるとき、土地の権利書を提示するよう求められた。名義も長男でなければならない。そのため、先祖代々から受け継いできた土地を分割し、その一部を長男に相続させ、自分名義で登記できるようにした。争いが起きたのは、このときだ。上の二人は末っ子に土地を分ける必要はないと言い、モドゥもそれに同意し、実際に分けなかった。このことで、子どものような優しい声から男らしい声で話し始めたばかりの彼女の息子はひどく辱められた。イベムチャにはどうにもできなかった。これが原因で、幸せだった家族は水と油のように仲が悪くなってしまった。今、家族はばらばらだ。息子の一人は家を出て、行方がわからず、ほかの二人は残っている。

こうした状況の変化があり、イベムチャもモドゥに対して恨みを募らせていた。夫は三人の子どもを平等に扱っていないのだ。よそから来た彼女に何ができるだろうか。夫との関係が良好ならば、この家にいることもできるが、そうでなければ行き場がない。こうした不安によって、イベムチャの体調は日に日に悪化していき、今ではベッドから起き上がれないほど、深刻な状態になった。家事もすべて二人の息子がやっている。医者を呼び、伝統的な治療師や占星術師にも相談した。みんなでイベムチャのためにあらゆる手を尽くしたが、体調は一向に良くならない。

ある日、長男が仕事から急いで帰ってくると、母親にこう伝えた。「母さん《イマ》、モチャの居場所がわかったよ。サンジェンバム・クノウ村*にある実の父親の家に行ったらしい」

それを聞いていた父親は、冷静に言った。「よかろう。自分の家にもどったのなら、いいことだ。モチャに会ったのか?」

「いいや、父さん《パジ》。朝早く、ダラムシャーラー**地区でアッサム行きのバスから降りる彼を見かけたんだ。声をかけたけど、聞こえずにそのまま行ってしまって、混んでる市場では追いつけなかったんだ。バスの運転手に聞いたら、便利屋としてその運転手を手伝っているらしい」

話はこれで終わり。それ以上、誰も何も言わない。ベッドに横たわり、切実な思いで耳を傾けるイベムチャ。息子の決断を支持する夫の言葉が聞こえたが、彼女は納得できない。息

* マニプール州インパール東部地区にある村。
** ダラムサラ。首都デリーの北、標高一四五〇メートル。マニプール州インパールに近いサンジェンバム・クノウまでは約二五〇〇キロの距離がある。

子の決断を知って安心はできたが、これが〝正しい決断〟だとは思えない。かつて結婚前に交わした約束を守らない夫に対して、法的手段に訴えたほうがいいのだろうか？　誰も彼を探しに行かないなんて、生傷に塩を塗り込むような仕打ちだ。イベムチャはベッドに寝たまま、誰か末っ子を連れもどしてほしいと頼む。さぞかし傷ついているに違いないとイベムチャは言う。しかし、誰が連れもどしに行くのか。それが問題だ。

このところずっと、イベムチャは落ち着かず、思考の迷路に迷いこんでいた。しかし今日に限っては、その混乱は収まり、落ち着きを取りもどしたように感じられる。彼女はある結論に達した。とは言っても、その決断が安らぎをもたらすわけではない。抑えてきた憤り、言えなかった言葉、心ならず相手に合わせてしまったこと、それらがどういうものかを彼女は知り尽くし、そんな経験を心の片隅に秘め続けてきたのだ。体調が少し良くなった。起き上がって、腰に巻く布クワンチェット*を締める。これをすることで力が湧いてくるようだった。何日も部屋にこもっていたせいで顔色が悪く、血の気がないように見える。彼女は家事を少しやり始めるが、夫は言う。「やめておけ。体調が悪いのなら、やらなくていい」

その言葉には愛情がこもっている。しかし、イベムチャは聞こえたそぶりも見せず、家事をやり続ける。しばらくして長男が言う。「市場に行ってくるよ。母さん《イマ》のために、魚を探してくるから」しかし、彼女は答えない。

夕暮れ前の遅い時間のことだった。日中のうだるような暑さが和らぎ、涼しい風が吹き始める。やがて、太陽も西の山並みの向こうに沈んでいく。イベムチャは服を着替えると、モドゥのところに行き、宣言する。「わたし、この家を出ていきます」

モドゥは驚いた。彼を襲ったその言葉はまるで、一瞬にして破壊と荒廃の跡を残し、美しい都市を瓦礫の山に変えてしまう地震のようだった。モドゥは考えがまとまらず、突然の出来事に戸惑いながら、成り行きを見守る。イベムチャは返事を待たず、ゆっくりと家を出ていく。

サンジェンバム・クノウ村を目指し、ヤラル・コンジルに向かう。夜の静けさが訪れた。道路や小道には虫さえもおらず、すっかり静まりかえっている。イベムチャはひとり歩き続ける。すべてが闇に覆われている。木の上も、竹の上も、ノングマイジンの丘陵地帯でさえも、すべてが影に包まれ、イベムチャ自身も闇に溶けこんでいる。クワンチェットの両端を暗闇の中でリズミカルに揺らしながら、ケワ橋を渡っていく。欠けていく月の消え入りそうな光では、水の少ないイリル川に波紋を作ることはできないが、水は溶けた銀のように流れている。これまでの人生で蓄えてきた力と決意を総動員して、弱々しい足取りでティンシー

＊ マニプール州の女性が伝統的に腰に巻く布。

ド・ロードを渡っていく。ヤラル・パット*も通りすぎる。

イベムチャがようやくサンジェンバムの家に着いたときには数年が過ぎていた。しかし、残っていたのは家の骨組みだけで、持ち主がいないのは明らかだった。壁といえば、家の上部に崩れかけの残骸が残っているだけだ。ドアも窓もない。基礎工事で屋根を支えるために置かれた梁だけはそのまま残っている。昼間は子どもたちの遊び場になっているようだ。家の中心部は月明かりに照らされ、白っぽくなっている。疲れ果てたイベムチャは、不安な足取りで歩を進め、ポーチに上がって、家の中に入る。うす暗い月明かりのなか、息子を発見した。でこぼこのあるベッドで、手を枕にして、体を丸めて眠っている。気づくと声を出していた。「わたしの子！」

モチャは大きく目を見ひらくと、そこに立っている母親を見て驚いた。「母《イ》さん《マ》！」

イベムチャは息子に近づいて、横に座る。息子はまた叫んだ。今度はやさしく。「母《イ》さん《マ》！」

イベムチャは手を伸ばして息子に触れ、やさしくなでる。モチャも体を起こす。消えそうな月明かりのなか、母と息子は愛しそうに見つめ合っている。すると息子は、ゆっくりと横たわり、母の膝に頭を乗せて母に寄り添う。イベムチャは両手で息子を抱きかかえる。はるか西北の空には、欠けて傾いた三日月が輝いている。まるで母子の再会をそっと見守るかのように。

マニプリ語からの英訳：アコイジャム・スニタ

この短編はマニプリ語で『エイギ・ヌパギ・マチャ』というタイトルで、インパールで開催されたライターズ・フォーラムのために、クンドラクパム・パブリケーションズから二〇〇五年に出版された著者の同名の短編集に初めて掲載された。

＊　インパール東部の湿地帯。

深紅のうねり

ネプラム・マヤ

トンドンビは湖の真ん中で漕ぐのをやめ、オールを小舟に引き上げた。静かに座っている彼女は、どこまでも広がる水には興味がないようだ。緑がかった水に点在するプムディ*の上に建てられた小さな小屋。その光景を見て過去の記憶が呼び起こされ、心のなかで何度も泣き叫ぶ。果てしない青空と緑がかった広大な湖。そのふたつがどんな風に交わってひとつになっているのかと、じっと見つめる。しかし、交わっている場所とはどこを指すのだろう？いや、交わってなどいない。これっぽっちも。交わっているように見えたのは、単なる幻想だったのだ。

同じように、彼女の人生の始まりと終わりもまた、ひとつに織りなすことはない。それはまるで、統一を強いる心と、わずかな物に満足して素朴な暮らしをしている心とは、折り合わないのと同じように。あるいは、哀れみが一滴もない心は、愛に満ちた庶民の心に届かないのと同じように。果てしない空とどこまでも広がる水の、見た目だけの交わりを信じる心を、トンドンビはたびたび咎めた。

ほんの一瞬、紅《あか》やオレンジ色の夕焼け雲が反射して湖面に広がり、水が紅《あか》く染まる光景に心を奪われる。しかし決して忘れられないのは、緑がかった湖の上で湖面が揺れるたびに起こった、血に染まったあの日の波だ。長い間、心の中に嫌でも湧き上がってくる感情を抑え続けてきた。この場所に向かって船を漕ぐことすらやめてしまった。たとえ貧乏で死にそうになっても、絶対にここで釣りはしないと心に誓っていたのだ。それなのに、どうして今日はこの方向に漕ぎ出したのだろうか。方向感覚を失ったかのように、湖の真ん中で黙って動かず、風の吹くままに自由にボートを漂流させる。浮いているプムディに舟の先端がぶつかり、彼女は物思いから覚めた。

ゆっくりとボートからプムディに降りる。プムディにぶつかった水が波になって繰り返しもどってくるように、記憶が絶え間なく蘇り、トンドンビの心は乱れた。苦痛に襲われる。

＊ マニプール州のロクタク湖の水面に無数に浮かぶ円形状の浮島。漁業のために人工的に作られたが、かつては数千人がその上で暮らしていた。

この孤立したひとけのない場所で巻き込まれた過去の人生の一部が、今の彼女と再び交わる。足や腕の感覚がなくなり、あの悪夢のような過去へといざなわれる……。

「どうやったらこれで眠れるの？　毛布はよじれて、片側に寄ってるじゃない。まったく幸運だこと……この寒さのなか、立てた両膝に毛布をかぶせて家を作るような人と一緒に寝るなんて！」

彼女は落ち着きなくしきりに寝返りを打った。動くたびに、仮設ベッドの竹の骨組みがきしむ。そんな彼女の愚痴をよそに、トムチョウは尋ねた。「トンドンビ、ビリ*を持ってたりしないか？」

「どこかに吸いさしはあるけど。新しいのはないわ」

「ちょっと一服させてくれ。すごく寒いんだ」

トムチョウは音を立てながら、勢いよく長く吸って、煙を吐き出した。そして、ベッドのそばの床に吸いさしを捨てた。

しばらくして、トンドンビがつぶやいた。「明日になったら、彼らが来るわ。彼らの決めた期限は過ぎたから、立ち退けと言われるのね」

「どうしてここから離れなきゃいけない？　あいつらに言われたってだけでか？　死は避けられないが、この人生もすでに死んでいるようなもんだな。誰もが自分の好きなように行動し、好きな人と話ができる時代だというのに。あいつらが死ぬか、おれが死ぬかだ」

「やめて！　何をいってるの！　すべてを失うじゃない！　彼らに逆らわないで。ここで好きにさせればいいのよ。お願いだから、あんなけだものと対立しないで」

「ならず者ども！　権力を握ってるだけじゃないか！　考えてもみろ。おれたちが着の身着のままで大変な苦労をしていたとき、必要なものやどうすれば助けになるかをあいつらが聞いてくれたことが一度でもあったか。それなのに今は、我々の味方で、ここを大切に考えているると言いやがる。おまえはそんな言葉を信じられるのか？」

「わたしだって信じてないけど、他に声を上げようとする人はいるでしょ？　だから、あなたは逆らわないでって頼んでるの」

「トンドンビ、おれらは死んだ方がいいのかもしれんな」

彼女は答えずに、黙って過去を思い出した。ロクタク湖のプムディの上に小屋を建てるのに、どれほど苦労したことか。食料が手に入るかどうかなんて考えもしなかった。あの頃抱いていた希望はなんだっただろう。痩せこけた体はどうやら疲れ知らずだったようだ。雨が降ろうと、日が照ろうと、自分たちの小舟で竹や家の材料をせっせと運んだ。竹をロープや

＊　インドのタバコ。ビディともいう。

細く切った竹で結び、風に耐えられるように作った小屋は、住めればそれでよかった。

それなのに今日、州政府は権力を振りかざして立ち退かせようとしている。これは人道的なことなの？　そんな風に思うのも嫌だったが、その腹立たしさを公に口にしたら、彼らに何をされるかわからないという恐れもあった。恐れを知る者は生きのび、恐れを知らない者は、今日も明日もどうなるかわからない。この恐れがあるからこそ、今まで誰も声を上げられなかったのだ。だからこそ彼らはわたしたちに同情したふりをし、だからこそ彼らはその手足を権力で縛られ、その口は恐怖で塞がれたままなのだ。死んでから決まるもののひとつに人の価値があるが、人間は非情になってしまった。権力者たちは忘れてしまったようだ。力で支配しようとするよりも、真心からの言葉で人を動かす方がはるかに簡単だということを。彼らは貪欲さゆえに、互いを信頼できなくなっている。

トンドンビは感情を抑えきれずに叫んだ。「苦しかったとき、誰もわたしたちを気にかけることすらしなかった。力を振り絞ってようやく家が持てたのに、それを今になって奪われるなんて」

「誰と話してるんだ？　また眠ったのか？」

「いいえ、眠れないの。彼らが望んでるというだけで、本当に立ち去るのかと考えていたの。あんなに苦労して小屋を建てたのに……」

「立ち去らないとしたら、どうする？　逆に立ち去ったとして、どこに行く？」

　トンドンビは再び口をつぐんだ。答えのでない質問を夫が口にするたびに、彼女の心はますます乱れた。しわだらけの非力な腕で、荷物を積んだ小舟を浮かせておくのがどれだけ大変だったことか。小舟は積み荷の重みでロクタク湖の水面とほぼ同じ高さになる。プムディを開拓する作業で疲れ切り、ほとんど動けなくなった体から落ちる汗が、湖にとけこんでいった。そんな風にして小屋を建てたのだ。ふたりの苦労を思い出す……。

「トンドンビ、今日は石と竹でプムディを固定するぞ。そうしたら動かないし、風にも流されない。これが終わったら、もう人の家に身を寄せる必要はなくなる。ようやく定住できる自分たちの家を持てるんだ。これでこの先も生きられるぞ！　トンドンビ、明日は乾いたカンボン*の葉を取ってきて、屋根を作ってみよう」

　笑いながら彼は続けた。「トンドンビ、我らの最愛の母ロクタク湖がなかったら、おれたちみたいな貧乏人は生きられなかったな。この湖のおかげで、おれたちの苦しみはある程度マシになった」

　トムチョウの熱意あふれる志は、人生に負けてなるものかという思いだった。人生は自分

＊　マニプールに自生する薬草。

の望む方向に進むべきだ。敗北も勝利も、努力にかかっている。人生で苦労はあっても、それに屈服しようと思ったことは一度もない。力を振り絞って人生に挑み、人生との戦いに勝つことを望み、苦労の成果をつかみ取ろうとしてきた。彼は乾いたカンボンの葉で屋根と壁をつくった。貧しいながらもふたりが小さな小屋で暮らし始めたその瞬間から、彼は人生の本当の意味を実感できるようになった。それまで彼の心の中で眠っていた多くの願望が、再び呼び起こされた。隣の人がほとんど見えないほど、青緑色の湖が霧に覆われたこと、肌寒い冬の朝、心を揺さぶる労働者の歌、クラン・エシェイ*が遠くから聞こえてきたこと、釣った魚を持って、彼が楽しそうに家に帰ってきたこと、調子っぱずれではあったけれど、彼の純真な心がはじけ、美しい調《しらべ》で歌いだしたこと、トンドンビはそんなひとときのどれも忘れることができず、すべてを思い出していた。

「まあ！　自分が何の曲を歌っているかわかっているの？　そんな恰好で。通りがかった人に笑われるのが嫌じゃないの？」

「おいおい、おれは楽しく歌をうたうこともできないのかい？　おれが歌ったって、誰にも関係ないんだから、おれは歌う。言いたい奴には好きに言わせておけばいい。おれは心ゆくまで歌うまでだ」

そして彼は歌う。「サビ・イネ・マチャ・パムビ・ナンブ・タラバ……レムレイ　ガ　ブタルバ……（1）（愛しい人よ、聞こえるだろうか。私は魚を求めて釣りにでかけた）」
「ちょっと！　やめて、やめて……もうわかったから、やめてってば！」ふたりの笑い声が今も聞こえてくる。あんなに楽しく笑っていたあの瞬間、ふたりには恐れなど微塵もなく、ただ充実感しかなかった。しかし、それとまさに同じ時期なのだ。幸せな思い出をたくさん作って生きていくのだと思っていたふたりに、信じられないような瞬間が訪れたのは。あの人たちが小さな口で大口を叩くのが、心底不快でたまらなかった。夫と舟で小屋を出るとき、心の中でこう願っていた。「あの人たち、すぐにでも湖で溺れてしまえばいいのに」幾多の困難に直面してきたふたりが、今日、湖の真ん中でこんな仕打ちに耐えなければならないなんて。ふたりは静かに小舟に座っていた。侵入者たちは、自分たちの親と変わらない年齢の夫婦に対して敬意を払うこともなく、権力を振りかざして立ち退きを命じてきた。これが彼らの求めていた独立なのだろうか？　彼らが歩みたかった正義の道はどれなのか？　トンドンビは彼らの横暴さが腹立たしくて仕方なかった。

突然、トンドンビは声を荒げた。「あんな人たちでも、死んだら両親は悲しむの？」

＊　マニプールに伝わる古い民謡。

原注1　この歌は、猟師が最愛の人に猟の様子を詳しく語っている。

「誰に話してるんだ……？　湖の真ん中にいることを忘れてないか？　溺れさせて欲しいのか？　考えもせずにしゃべるんじゃない！」

　トンドンビは夫の怒りの言葉に驚いた。彼女の心は沈んだ。少し声を落として言う。「もし一緒に家を建てていたら、わたしたちの汗の価値をわかってもらえたはず。あの人たちは権力を握っている。目標を達成しようとする彼らを肩車してあげても、わたしたちが足を上げることもできないほどひどい扱いをしてくるのよ」

　トムチョウは答えなかった。月明かりが徐々に弱まる暗闇のなか、ふたりは無心に舟を漕ぎ続けた。ボートがゆっくりと進む。岸辺に着くと、誰かが突然ボートの先端をつかんで引き寄せた。一本の手が、夫の肩をつかんで舟から引きずり下ろす。小さな舟が大きく揺れる。トンドンビはショックを受けながらもこらえた。突然、夫が殴られる音がきこえた。

「やつらをどこで降ろしたのか教えろ。何を積んで行ったり来たりしていたんだ？　銃か？　やつらの食料か？　ほら、やつらの所まで案内しろ……」

　夫の返事は聞こえなかった。聞こえるのは、痛みによる夫のうめき声と夫が激しく殴られる音だけだ。トンドンビが訴えた。「殴らないでください。わたしたちは何も知りません」彼女に返ってきたのは、この上なく不快な言葉だった。

「老いぼれのくせに、一体どれだけ金を稼ぎたいんだ？　やつらの所に連れていかないと殺すぞ、わかったか！」

うす暗い月明かりのなか、夫は自分の小舟で連れ去られた。戦闘服姿の男が数人、別の舟で続いた。トンドンビは遠ざかっていく人影を見て、立ち尽くしていた。胸が張り裂けるほど大泣きしながら。

苦労続きの人生でかたどられた、幾多の苦難に耐えてきたあの老いた体が、どんな苦痛に耐えなければならないのかと思うと、トンドンビはどうしていいかわからなかった。これ以上、もう耐えられなかった。

日が昇ると、湖は封鎖された。誰も立ち入ることはできず、魚を釣りに来た多くの人たちの行く手は阻まれた。周囲は制服を着て武装した兵士たちが厳重に警戒していた。武装勢力の居場所を明かすか明かさないかは、今やトムチョウ次第だった。武装勢力も兵士も、人の心というものを知りもしないし、知ろうとも思っていない。トンドンビの心は込みあげる怒りでいっぱいだった。抑えつけてきた悲しみのせいで、狂ったように立ち上がる。どこに行けばいい？　誰に夫のことを訴えればいい？　その瞬間も、時間はどんどん過ぎていく。

おびただしいほどの暴言とともに連れ去られた夫。その後、生きている夫との再会は叶わなかった。あの暗い夜、彼らは夫の人生を終わらせたのだ。武装勢力の隠れ場所とみなして彼らが探していたプムディの上に建てられた小屋。そこからふたりを追い出したあと、彼らは夫婦そろって湖の底に沈むことを望んでいたのだろうか。彼らのせいで夫はいなくなった。永遠に。夫は兵士らをわざと違う方向に案内した。ふたりをあれほど無慈悲に追いやった者に抗うために、そして、彼らのせいで自らの人生を諦めたがために。彼らが貧困にあえぐ庶民のために何をしてくれたというのか。

たそがれ時の紅《あか》やオレンジ色の雲が、四方八方に広がっている。青緑色のロクタク湖の水も恐ろしいほど燃え盛るような紅《あか》色になった。夫は自分の舟の上で静かに横たわっていた。まるで深い眠りについているみたいに。身につけているのは、自分の血で染まったルカオシャツとクデイだけだ。杖のようにいつも彼のそばにあったオールも血で汚れ、横たわっている。トンドンビは愕然とその様子を見た。目の前に夫が横たわっているのに、焦点の定まらない彼女の目には夫の姿が映らない。頭の中が混乱している。政府の軍隊も反政府の武装集団も善悪の区別がつかないばかりか、両者の板挟みになった庶民を死に至らしめる。彼女は両者に問いかけたかった。「夫にどんな非があったのですか」と。

食料があるかも眠れるかもわからないまま苦労して建てた小屋を、あの人たちは灰の山にした。ふたりで湖に汗を落としながらつくったこの小屋が、同じように彼の赤い血がロクタク湖に流れる唯一の原因になった。悪いのは誰？　極貧から抜け出す方法を探していたトンドンビと夫なのだろうか。それとも、力でもって威嚇する強大な権力者なのだろうか。

トンドンビはプムディの上でじっと座っていた。太陽もゆっくりと小さな丘の方に沈んでいく。緑の湖に赤みを帯びた波がゆっくりと押し寄せてくる。かつて夫が愛情たっぷりに歌っていたクラン・エシェイのかすかな旋律が耳に届く。湖の上で起こる深紅のうねりを、トンドンビは瞬きもせず見ていた。

マニプリ語からの英訳：パオナム・ソイビ

この短編は、著者の短編集「ングルイナバ・イタック・イポム」に同名のタイトルでマニプリ語で初めて掲載され、二〇一〇年と二〇一五年、ネプラム・シャンティ・デヴィがマニプール・カルチャーフォーラムのために出版した。

我が子の写真

ニンゴンバム・サティヤバティ

「ママ、ぼく、大きくなったらパイロットになれる？」

「なれるに決まってるじゃない！」

「すごい人になったら、新聞にぼくの写真が載るかな？」

「もちろんよ！」

「お姉ちゃんは大きくなったら何になるの？」

「お姉ちゃんは女だからね。結婚して旦那さんの家に嫁ぐのよ」

「やだ《メイ》！　いやだよ！　どこにも行かせない。ぼくの飛行機でアメリカに連れてって、そこで暮らしてもらうんだ。そしたら、結婚なんてしなくていいもん」

「バカな子だね。お姉ちゃんを愛してないのかい？」

「愛してるよ」

「どれくらい？」

「これくらい！」小さな両手を背中の方に大きく広げて言う。

「パパとママとお姉ちゃん、三人のなかで誰が一番好き？」

「みぃんな愛してる！」

「まあ、最近の子ときたら！　まだ幼いのに、そのかわいらしい口からそんな言葉がでてくるなんてね！」

　モモチャの両親は、尽きることのない息子の質問が楽しくて仕方なかった。その質問のなんと愛おしいことか。ふたりはこう思った。「間違いない……世界中の夫婦をしっかりと結びつけているものは——我が子への愛だ」

　今日はある団体がインパール[*]で主催する絵画コンクールに娘が参加する。学校代表としてだ。モモチャも一緒に行く。早めの昼食を済ませると、母親は子どもたちに服を着せ、ふたりを家の中に奉られている守り神〝サマナヒ[**]〟に連れていき、祈りを捧げる。そのあと中庭

＊　インド北東部にあるマニプール州の州都。

の中央に植わっているトゥルシー*の根元で一緒におじぎする。

「がんばってね」

「うん、ママ」

「今日はモモチャをクワイラムバンド市場**に連れていってやろう」と父親。

「お父さん、モモチャに素敵なシャツを買ってあげて」

「ああ、そうだな。忘れずに買うとしよう！」

「チェチェにも」

「もちろんだ」

「ママにも」

「はい、はい」

「ママ、行ってきます」

母親は門のところで、子どもたちふたりが小さな手を振り、父親を引っぱって元気よく去って行く姿をいつまでも見送っていた。

日が沈んできた。もうすぐ夜だ。母親は何度も門まで行って夫と子どもたちの姿を探すが、それだけで目はすっかり疲れ切っている。「今どこにいるのかしら？　何をぐずぐずしているの？　あの人は一旦出かけるといつ帰ってくるかわからないんだから」と夫を責める。そして、オイルランタンに火をつけ、門のそばに座り、目を凝らして三人の帰りを待つ。通りすがりの人や近所の人が心配そうに声をかける。「そんなところで何をしているんだい？」

「誰を待っているの？」

暗闇の中、市場の行商人に布を売りに行っていた織工が、糸箱をしっかり抱え、急ぎ足でこちらにやってくる。見るからに怯えた様子の彼女は、足早に通りすぎながら言う。「クワイラムバンドで銃撃よ！　ケガもなく生きていられたなんて幸運だったわ。バスは通れなくなってるし、逃げられたのは神様のおかげとしか思えないね。本当に運がよかった。異様な時代だよ、戦争中なんて。あんなに人がごった返している市場で爆弾が爆発したら、大勢の人が死ぬに決まってる。家にいた人は悲しんでいるでしょうね」そういうとさっさと歩いて行ってしまった。母親は呆然として口もきけなかった。

近所の人や親戚が彼女を慰め、募る恐怖を鎮めようとする。

＊＊ サナマヒ信仰は火、水、山など自然を神々として信仰するマニプール州の伝統的な宗教だが、現在マニプール州ではヒンドゥー教徒が半数近くを占めている。

＊ 英語名はホーリーバジル。ヒンドゥー教では女神ラクシュミーの化身とされ、聖なる植物として崇められている。

＊＊ マニプール州都インパールの主要な市場。すべての店が女性によって所有・運営されている。

「交通手段がないから、三人ともどこかで足止めされているに違いない」

「夜明け前にはもどってくるって。なんたって、インパールはそれほど遠くないんだから！」

「ご飯を食べて、よく眠った方がいいよ」

近所の人が母親を立たせて、家の中に連れていく。

翌朝早くのこと。一体どうやって新聞が配達されたのだろうか？「死亡、死亡、死亡確認者、死亡確認者」の文字が目に飛びこんでくる。みんなが母親の行方を気にし始めた。そして、近所中が捜索に乗りだす。ある者は池に飛びこみ、ある者は穀物倉に上り、ある者は死角や空き地を探し回り、ある者は雑木林に踏み入った。

三、四人の男が、母親の腕をつかんで家の中に入れる。髪の固い結び目は緩んでほどけ、太い髪の束が背中に垂れている。上着ははだけ、握りしめている手をゆるめてやろうとしてもできない。「彼女、市場で人から新聞を奪っていたんだ」と誰かが言う。

「もし彼女の気がおかしくなって、通りを徘徊しだしでもしたらどうする？」

「ヒヒヒ！」母親がヒステリックに笑いだしたかと思うと、くしゃくしゃになった新聞を見て、それを胸に抱く。そして、新聞に唇を当ててキスをしながら、うれしそうに叫ぶ。

「ほら《アハイ・ヨー》！　見て《タッシュ》！　今日、子どもたちの写真が新聞に載ったのよ！」

一九九二年三月に書かれたこの短編は、マニプリ語で『イチャギ・フォト』というタイトルで、著者の短編集「アマンバ・ノングラッキ・ノンタン」に初めて掲載された。二〇〇〇年、ニンゴンバム・ランジャンとニンゴンバム・サマナンダがＮＰＯ法人マニプール・サヒティヤ・パリシャドのマニプール州トゥバル支部のために出版した。

ツケの返済

スニータ・ニンゴンバム

ラリタは市場に行く途中で必ずシャモの店に立ち寄り、ザルダ入りのクワ*をひとつ以上食べる。今日も、小道と大通りの交差点にある店の前で言う。「あなたのクワがやめられたらどんなに楽になることか。ほら、ひとつちょうだい。それからあとふたつはきれいに包んで」

シャモが微笑み、タバコの葉をちりばめながら答える。「あなたのために毎日最低ひとつはクワを用意しないと寂しいじゃないですか、義理の姉さん《イティマ》」。ラリタと血はつながっていないが、彼女の夫に敬意を表して、マニプリ語で義理の姉を意味する〝イティマ〟と呼んでいる。

「ほんとに？」

クワを食べながらラリタが言う。「もうツケがかなりたまってるはずだけど、いくらになってる？」

「それほどでもないですよ。三五〇ルピーくらいかな」

ラリタは目を見ひらくと、辺りを見回して言う。「ニンゴル・チャッコウバ[**]が終わったら、たとえ一部でも支払うわ。クリスマスの時期には全部払うつもりよ。今は景気が悪くて、服が思うように売れないの」

「全然かまいませんよ。あなたのためですから。イテイマが来て、店の前に立ってくれるだけで満足なんです」

「まあ、なんてこと言うのよ。女たらしね！」

ラリタが大声で笑うと、シャモも一緒に笑う。

ラリタの若々しい魅力は失われているが、美しさは誰もが認める。頬はこけていて、高い頬骨を覆う皮膚はきめ細かいが、笑うと目尻に少ししわがでる。しかしそれが、彼女の美し

＊　ザルダと呼ばれる甘いサフランライスやタバコの葉などをキンマの葉でくるんだ、マニプリの嗜好品。
＊＊　既婚女性とその父方の家族の絆を深めるために、十月から十一月に行われるお祭り。

さをさらに引き立てている。見た目も話し方も非常に魅力的だ。唯一足りないのは配偶者、つまり、夫に先立たれたのである。

ラリタがクワを食べ始めたのは、それほど昔のことではない。市場で洋服を売り始めたのが四、五年前のことだ。夫のビラマニは電力省の官吏だった。ラリタは毎日、夫と一緒に家を出て仕事場に向かうようにしていた。そして、夫の習慣を真似て、クワをよく食べるようになった。

夫が亡くなったあとも、その習慣はやめられなかった。最初はあまりツケをためないようにしていて、一〇ルピーか二〇ルピーになると払っていた。しかし今では、クワの量が一日に二、三個と増えた上に、子どもの成長に伴って支出が増え、収入は逆に減ってしまったので、ツケがたまっていったのだ。シャモも以前は五〇ルピーや一〇〇ルピーになると時々支払いを要求していたが、今では何も言わなくなった。それどころか、ラリタがお金の話を持ち出すたびに、きまずそうなそぶりを見せる。彼は気が利いたことを言おうとすると、どもって顔が赤くなる。その兆候に気づいたラリタは、内心こう思っていた。「シャモって、自分が何をしているかわかってるのかしら?」

人間はとても罪を犯しやすい。地球上の全生物のなかで最も罪深い種を選ぶとしたら、それは人間だろう。人間社会が文明化すればするほど、人は自分勝手になり、すべてを自分の思い通りにしたくなる。そして快楽を求めて、人間性を失っていく。快楽こそが人間に下劣な行動を起こさせ、習慣や伝統の美しさを腐敗させているのだ。シャモは屈託のない会話から、少しずつ気のあるそぶりを見せ始める。彼は自分の欲望を一切躊躇せずに表現するのだ。ラリタの心も、知らず知らずのうちにシャモに傾いていく。しかし、どぎまぎした心が落ち着くと、時々考えた。「何が起こってるにせよ、これは許されることなの？」そんな風に考えても、道を踏み外した心を制御できない。それどころか、心はさらに彼女をあざ笑う。「ははっ！　かなり楽しくなってきたじゃない！」しかし、彼女は忘れている。人間の感情をもて遊んではいけないことを。

あの日、ラリタは魔法にかかった。目をぱっちり開いたまま、夢に浮かされたのだ。その日は市場に出かけるのが遅くなり、正午になってしまった。シャモの店には、彼が座ったり休んだりする小さな木製の仮設台があり、そこにシャモが仰向けで寝ていた。ぐっすり眠っているかのように、目を閉じている。腰に巻かれた赤いチェック柄のルンギー*が下半身を覆っているだけで、上半身はむきだしだ。夏の日差しで焼けた肌に、汗のしずくが光っている。ラリタは我を忘れて、彼の広い胸に視線を落とした。鼓動がシャモの呼吸に合わせてドクド

＊　スカートのように腰に巻く伝統的衣装。

クとリズムを刻み始める。体が震えてきた。いきなり熱い欲望の波が高まり、彼女の心を焼き尽くす。どういうわけか、すぐに彼に声をかけて起こすことができない。静かに眠る体格の良い彼の姿が、彼女に不思議な魔法をかけているのか、まっ昼間だというのに眠気を誘われる。まぶたが重くなってきた。ラリタはしばらくその場に立ち、彼の寝姿を見つめていた。

「ああ、イテイマ！」

シャモの驚いた声でラリタは正気にもどったが、物欲しげな視線をそらす余裕がなかった。シャモはかたわらにあった肌着を身につけ、笑いながら言った。「普通、お客さんなら黙って立ってないよね？」

「ぐっすり眠っているようだったから、起こすのは悪いかなと思ったのよ」ラリタの動悸はまだ激しく打っていて、声も震えている。すぐにラリタの気持ちを察したシャモは、この機会を逃すまいと言う。「人の寝顔をこっそり見ていた罰として、今日はツケを回収しないとね」

ラリタは軽く受け流すことができず、心にも体にもどっと疲れが押し寄せた。しかし彼女は切り返す。「困らせないで、クワをちょうだい」

シャモは急に台から飛び降りると、ラリタの前に立つ。周りには人っ子ひとりいない。待望の瞬間を見つけたと思ったシャモは、あとに引けなくなった自分の気持ちを解き放とうとする。

「真面目な話なんだけど……市場で服を売るよりも、一緒にこの店をやらないか」

「服を売るよりもいい？」

「ああ、かなりいいよ」

ラリタは意味もなく笑う。気を良くしたシャモは、クワを渡すときにラリタが伸ばした指を握り、彼女をじっと見つめる。その視線が、ラリタの熱を帯びた視線とぶつかる。ラリタは勢いよく指を引っ込め、怒りを込めて叱りつける。「やめてよ。よくもまあ、イテイマにそんなことができるわね」

背を向け立ち去るラリタの後ろで、シャモが楽しそうに笑っている。

市場に着いても、ラリタはまだ夢心地だった。一体何が起こっているの？　その瞬間、うっとりするような欲望の波に押しつぶされそうになった。そんなことは許されない。結婚歴のある、夫に先立たれた身なのだから。でも、どうやってこの気持ちを抑えればいいのだろう？　自分も血の通った人間だし、夫のいない孤独な女たちの心は渇いてしまうのではないだろうか。本来自由に流れるべき感情が、社会やルールによってせき止められている。社会やルールといった壁の向こうで、寡婦は亡き夫の記憶を握りしめ、心から流れてくる感情をすべて涙として流している。それができて初めて女性と呼ばれ、生活や外出が許されるのだ。

今日は、この壁を乗り越えようとする波が、ラリタの首まで上がってきた。この段階で、初めて彼女は正気にもどった。それまではシャモを翻弄している気になって笑っていたが、今になって自分の方が芝居に巻き込まれていたと気づく。なんて恥ずかしい。考えれば考えるほど、自分が嫌になってくる。彼女は自分を呪った。「まったく！　どうすればいいの？」

クセになるほどおいしいクワを持っていたことを思い出した。指を握りしめていたせいで、クワは汗まみれの手のなかにあった。汗で光ったシャモの体が再び脳裏をよぎり、反発心と嫌悪感とでクワを投げ出す。静かに怒りが湧き上がる。シャモのせいよ！　このわたしになんてことを！

その夜、ラリタの心は落ち着かなかった。思考が混乱し、自責の念に駆られている。人間の心はなんと汚いものだろう。地球上で最も汚い場所を探すとしたら、それは人間の心の中に違いない。心ですって！　心のない人なんていないでしょ？　それなら、汚れていない人もいないのでは？　しかし、またしても彼女は自分の考えに同意できず、首を振る。彼女は横向きになって、そばで寝ている末っ子の無邪気な顔を、瞬きもせずに見つめる。亡くなった夫を思い出す。彼女のドロドロした心の奥底には、汚れなき心を持った夫のイメージがそのまま残っている。流せるだけの涙を流しながら、彼女は悔い改め始めた。夫との生活が始まった最初の夜を思い出す。夫はこう言った。「どうしてこんなに君を愛しているんだろう？」あのとき、彼女は少し恥ずかしそうに穏やかに笑った。あの愛は今も深く刻まれているが、シャモのような男に、そんな愛を受け取る資格はない。

彼女はいら立った心を抑えきれず、急に起き上がる。そして、ベッドから飛び降りて、末っ子の貯金箱を取り出すと、夜も更けたこんな時間に、小銭を数える。ボボマチャは目を開けて、泣きながら母を見た。「ママ、どうしてぼくの貯金箱を開けてるの？　やめて、ぼくのお金を取らないで」

ラリタは耳を貸さない。すると息子は母親から小銭を奪う。しかしラリタは息子の手を払いのけて言う。「静かにしなさい！　ママはあなたのために、お金より大切なものを守るのよ。早く寝なさい！」

母親の言葉を理解したかどうかはわからないが、「もっと大切なものを守る」という母の約束を聞き、ボボマチャは黙って見守っている。小銭を見てラリタは考える。このお金であっさりとツケを払ってもいいのだろうか？

そしてまた考える。じゃあ、どうするの？　もっといい方法はないかしら？　あんな男の前で、なぜわたしが恥ずかしい思いをしなければいけないの？

翌日、ラリタは市場の資金として蓄えていたお金を少し取り出すと、貯金箱のお金と一緒にボボマチャを連れて市場に出かける。そして、シャモの店で息子にお金を渡し、シャモに聞こえるように息子に言う。「ボボマチャ、あの人にお金を渡してこう言ってちょうだい。これはママのクワの代金です。多い分は、これまでママがツケでクワを食べられるようにしてくれたお礼です」

こんな長いセリフを幼い息子が言えるわけがない。しかしシャモは、それを聞いて察知した。今日、彼はラリタにクワを渡さないし、それを受け取る手もない。男の欲望でふくらんだ彼の心を、小さな子どもの手に収めることなどできない。目の前に置かれたコインに触れると、金属音が聞こえる。この響きは、彼を魅了したラリタの声ではない。利息付きのクワのツケ代と欲望だけの愛の代償の響きだ。

マニプリ語からの英訳：ナターシャ・エランバン

この短編は、マニプリ語のタイトル『センドル・シンバ』として、トゥバルにあるマニプール・サヒティア・サミティから出版された著者の短編小説集『コンジー・マコール』の中で、一九九七年に初めて発表された。この本は二〇〇一年にサヒティア・アカデミー賞を受賞している。

夜明けの大禍時《おおまがとき》

グルアリバム・ガナプリヤ

乗り合いタクシーのサービスがこの地域で始まってから、大学に行くときによく利用している。タクシーは我が家の門の前から出発するので、通学がとても便利になった。

あの日、わたしはいつものように大学から帰るところだった。最初は満員（八人位か）だったタクシーも、終点近くになると四人だけになっていた。家から二五〇メートルほど離れたところで、ひとりの女性が降りる。そのわずかな停止時間のすきに、別の若そうな女性（服装から判断して独身だろう）が、駆けこんできた。

彼女は誰？　もうすぐ終点なのに！　地元の人ではなさそうだ。彼女を見ながら、正気なのだろうかと考えた。他のふたりの同乗者も同じ事を考えているようで、困惑した様子で彼女を見ている。女性は疲れ切っているようで、息を切らし、不安が顔に影を落としている。びしょ濡れの髪をうなじのところで束ねているが、服も濡れているようだ。だけど、見た目は美しい。若すぎず、大人すぎず、その美しさは、女性にありがちな柔らかなやさしい美しさではなく、むしろ、強さと勇敢さを感じさせるようなものだった。あの日の彼女の振るまい——前を見ずに隅っこにうずくまって座る様子は、何かを暗示していた。一体何があったのか知りたいと思ったが、どう聞いていいかわからない。

タクシーが門の前に着いた。全員が降り、運転手が料金を集め始める。ふり返ると、彼女はまだ座っていた。

わたしが家の門を開けると、彼女が呼びかけてきた。「ねえ」

立ち止まってふり返ると、彼女はタクシーを降りながら聞いてきた。「ここ、あなたの家?」

「はい」

「じゃあ、中に入りましょう」

彼女がわたしよりも先に門の中に入ったので、わたしは戸惑った。何が起こっているの?

「きょうだいは何人?」彼女は一緒に歩きながら聞いてきた。

「一人っ子です」

「お父さんの仕事は?」

「事務局のセクション・オフィサーです」

「今日はわたし、この姉《イチェ》さんがしばらく滞在するわね」彼女はすでに自分を年上、わたしを年下だと決めつけている。わたしは返事をしなかった。得体の知れない恐怖がゆっくりと心のなかに入り込む。もう一度、心の中でつぶやいた。「誰なの？」

わたしはまっすぐ自分の部屋に向かおうとしたが。彼女がすぐあとをついてくる。だから、大学のカバンをテーブルの上に置いたまま、自分の家だというのにどうしていいかわからず、戸惑って立ち尽くしてしまった。そんなわたしの様子から察した彼女が言った。「驚いてるわよね。じゃあ、これから全部話すわ」

そして、事情を説明してくれた。話を聞いて当初の驚きは消えたが、それでもまだ戸惑いは残っていた。

「家の電話はある？」

「はい」

「どこに？　電話をしなきゃいけないの」

「隣の部屋にあるので、使ってください。家には誰もいませんから」

彼女が隣の部屋に行ったちょうどそのとき、母さんが帰ってきた。

「もどってたのね」

「うん」

「じゃあ、着替えて、食事をしなさい。どうして木みたいにぼーっと突っ立ってるの？」

母さんはいつものようにノンストップで叱り始めたけど、わたしが唇に人差し指を当てて「シー」という身振りをしていることに気づくと、途中で言葉を切って困惑した様子でわたしを見た。突然、隣の部屋の声に気づいたようだ。母さんはさっと隣の部屋の中を見てからわたしの方を見て、声の聞こえる方向に首をかしげて聞いた。「誰なの？」

「革命グループの一員みたい」わたしは小声で返した。

「なんですって？　どうやってここに来たの？」

わたしは母にざっと説明した。「彼女はマラリアに感染して、治療のためにキャンプを離れなければならなかったけど、キャンプ近くの家に避難している間に、グループの三、四人が捕まってしまったらしいの。彼女はそのとき幸いにも、家の片隅にある池のほとりで水浴びをしていたんだけど、騒がしいので家の方を見たら、家が警察に囲まれてたんだって」

「ああ！　ついさっき、銃声が聞こえたけど、そういうことだったのね。だけど、どうやってここまで来たの？」

「隣の家を横切って道路に出て、わたしが乗ってたタクシーに乗り込んで、ここに着いたの」

そのとき、隣の部屋から彼女が出てきて、母さんとの会話は途切れた。彼女は母さんに尋ねた。「この子のお母さんですか？」

「ええ、そうよ」

「長居はしません。騒動が少し落ち着けば、誰かが必ず迎えに来てくれると思うので。それまで三、四時間はおふたりにご迷惑をおかけします。お気になさらないといいのですが」

「気にするなんて、とんでもない」

気にしないとは言っても、母さんが驚いて非常に不安がっていることを彼女は察したようだ。彼女が言った。「怖がらないでください。この家を巻き込んだりしませんから」

ずぶ濡れの服を着たままの彼女の姿を見ているのが落ち着かなかったので、わたしは着替え用のトップスとファネク*を彼女に渡した。

わたしは何を話していいのかわからず、困った。彼女がいると、不安になり、恐怖を感じる。だけど彼女は何も気にしていない様子で、時折窓の外を眺めていた。

わたしは部屋を出る理由を必死で探した。そして「どうぞ楽にしていてください」と言って部屋を出ようとした。

「忙しいの？」

＊ マニプリの、特にメイテイ族の女性がよく身につける、腰に巻きつける衣類。

「いいえ、全然」

「じゃあ、しばらく一緒に座ってましょう」

彼女の性格のせいか、あるいはよく訓練されているせいなのか、ちょっとの間彼女の言葉に魅了された。すぐに違和感や不安はすっかり消え、リラックスした雰囲気になってきたので、彼女に尋ねた。「家はどこなんですか？」

彼女は即答せず、じっとわたしを見た。

「わたしが何者か知りたい？」

わたしは答えなかった。

彼女は続ける。「わたしは自由のために戦う兵士」

「勝てますか？」

「敗北は戦場から逃げ出す者のためにある。服従を拒み、死を覚悟した者だけが勝利を味わう兵士となる」

話すうちに、彼女の目は充血し、呼吸が速くなる。彼女は必死に平静を装い、先を続けた。

「だからわたしは……」

言い終わらないうちに、外でクラクションの音がした。彼女はすぐに立ち上がって、窓から外を見ると、こう言った。「迎えが来たから、もう行きます。大変ご迷惑をおかけしました。

おふたりに神のご加護がありますように！」

翌朝、太陽に祈りを捧げようと外に出ると、ベランダにその日の朝刊が置かれていた。そのまま通りすぎる気になれず、さっと一面に目を通すと、見出しにこう書かれていた。「革命グループの女性リーダー、ペチャ・リクライ・チャヌが中央予備警察隊*との交戦で死亡」記事には大きな写真が載っている。それを見て、全身に鳥肌が立った。

「残念ながら、早朝のことだった。とても美しく、強くて、勇敢だった彼女が……惜しまれる」

マニプリ語からの英訳：アコイジャム・スニタ

この短編は、クマリ・マイバム・チャンダニ・デヴィによって、マニプールにあるプログレッシブ・パブリケーション・ソサエティのために、マニプリ語で『ノンガラクパダ・マンシンクラバ・ノンマ』というタイトルで、著者の短編集『タモイギ・リーチング』に二〇〇一年に初めて掲載された。

＊　インドの内務省管轄下にある治安部隊、中央武装警察隊の中でも最大の部隊で、三十一万人以上の隊員がいる。

敗北

ニンゴンバム・スルマ

祝賀会は午後一時開始で、もうすでに正午だ。しかし、夫のビピンはまだ帰宅していない。今朝、彼が仕事に出かける前、妻のナリニはこう言った。「必ず正午までにもどってきて。今日は大事な人がたくさん来るんだから」

それなのに、なぜもどってこないのだろう？　ナリニは夫が帰宅しないあり得そうな理由を懸命に考えるが、絶望感が増すばかりだ。ビピンのような文学者が、今日のイベントをこんなに軽んじるなんて、誰が信じるだろうか？　先日名誉ある賞を妻が授かった。その栄誉を祝う式典が、今日行われるのだ。妻のナリニが、ステージに上がって一言。そのとき、自分の功績はすべて夫のおかげだと皆に語る……。ビピンならその言葉をきっと聞きたいはずだ。これまで彼は妻のためにできる限りのサポートをしてきた。ビピンは妻をよくこう叱った。「どうしてこんなにスペルミスが多いんだ。もっと注意しなさい。表現方法にもだ。美しいストーリーに、美しい言葉だけではダメだ。それに、簡潔な言葉使いにも気を配った方がいい」

ビピンはいつも細部にまで気を配る。ナリニが作品を完成させると、必ず最低でも一回は目を通し、少し変更を加える。まるでそれが自分の義務であるかのように、熱心に取り組む。彼は言う。「男の助けやサポートがなかったら、女性の能力やスキルは無駄になる。なぜなら、今のところ、女性の社会的地位が圧倒的に低いからだ」

彼が書いたフェミニズムに関する分析書は高く評価されているし、女性問題を扱った彼の詩集は、非常に優れていると認められているばかりか、女性の隠れた能力を引き出す力があるとさえ評されている。マニプールのいくつかの文学団体は彼の仕事に対して賞を与えている。そのおかげで、フェミニストのリーダー的な地位はより確固たるものとなった。また、ビピンは家事を手伝う以外にも、様々な面でナリニをサポートしている。たとえちょっとしたことだとしても山ほどある家事で妻を縛れば、家庭内の不和や、二人の間に溝を生む原因になると考えているのだ。

彼はよくこう言う。「真のフェミニスト精神がなければ、フェミニズムに関する議論を公平に評価できない。女性を鼓舞させられると心から信じ、愛を持って女性を見つめられる者だけが、文学においてフェミニズムを論ずることができる」

こんな言葉を聞いて、うらやましく思わない女性はいない。「彼女みたいに夫にサポートしてもらえていたら、わたしたちだって高みにのぼれたでしょうに」

これは多くの女性たちの意見で、ナリニも同意する。これで夫を誇りに思わずにいられるだろうか。ナリニのような女に「女性にはおたまやトングではなくペンを握らせて、社会に出させることが大切だ」と言ってくれる夫がどれほどいるというのか。

ビピンが受賞したとき、作家仲間の女性たちはこう言った。「わたしたちの社会は、彼のような男性をもっと必要としている。これは女性問題に関する彼のすばらしい本を称えるいい機会になるわ」

あのとき、ナリニは夫をどれだけ誇りに感じたことだろう。とても幸せだった。やっぱり、妻が夫の功績を誇りに思うのは当然なのだ！

今日は、ナリニが三冊目の本で先日国内の権威ある文学賞を受賞した祝賀会だ。この功績により、彼女は突如として敬意を表されるべき重要な文学者となり、自分の道を切り開いた。受賞してからというもの、彼女の日々は祝賀会だらけだった。

ビピンも仕事に没頭するようになった。日の出とともに家を出て、日没後に帰ってくる。

そのため、一緒にイベントに参加することがあまりできなくなっていた。ナリニが尋ねると彼の返事はいつも同じだ。「会社は今、会計年度末なんだ」

昨日、ナリニは夫にお願いした。「明日は会社に行かないで。みんな、あなたがどうしてるかと聞いてくるから」

「明日は上司の昇進を祝う重要なパーティがあるんだ」

「ダメよ！　明日は必ず一緒に来てちょうだい」

「しかし、わたしが行かなかったら同僚のビレンが気を悪くする。今日もだが、明日のパーティの準備はふたりだけでやっているんだ。それに、上司もわたしがいなければ不思議に思う」

「事情を説明すればいいじゃない」ナリニは言い返した。

ビピンは笑みを返しただけで、仕事に行った。ナリニの懇願を断る勇気がなかったのだ。しかし、そのかすかな笑みが、ナリニに一筋の希望を持たせてしまった。だから今朝、彼女はあえてもう一度言ったのだ。「必ず正午までにもどってきて。今日は大事な人がたくさん来るんだから」ビピンは帰らないとは答えていない。

ナリニは夫が時間までに帰ってくると信じていた。それなのに、なぜまだもどらないのだろう？　彼の多大な力添えがあったからこそ、ここまで来ることができた。以前も彼女の祝賀会を見逃したことはあったが、今日は逃したくないはずだ。

忘れてしまったのだろうか？　いや、それはあり得ない。何かあったに違いない。でも、何かって何？　そんなことをずっと考えているうちに、かなりの時間が経った。もうずいぶん遅くなっている。ナリニは着替えた。そしてしばらくすると、決心して家を出た。

夫を信頼している。人生の様々な局面で自分を支えてくれた夫への信頼を捨てることはしたくなかった。ビピンはよくこう言っていた。「一瞬の出来事のせいで、これまで大切にしてきた信頼を捨てるのは愚かなことだ。どんな出来事にも必ず事情があるはずなのだから」

祝賀会はぼんやりしている間に進んでいった。ビピンは最後まで姿を見せない。心の中は心配と自己憐憫が入り交じっていた。スピーチで何を話したのか思い出せない。泣きそうになりながら家にたどり着くが、ビピンはまだ帰宅していない。

その夜、九時をはるかに過ぎた頃に、ビピンがもどってきた。今日は自分の感情を抑えきれそうもない、きっと泣きだしてしまうだろうとナリニは思った。

「食事は済ませたか？」

返事がない。ビピンは続ける。「帰りを待つなと言わなかったか？　夕食は先に食べておけと言っただろ」

ナリニの頭に言い訳が静かに浮かぶ。「わたしがあなたの帰りを待つとか、あなたと一緒に食事をしたいとか、そういったことは、いくらあなたがフェミニストを名乗っていても、変えられないでしょ。それをどう捉えるかは、あなたの気持ち次第なのだから」

ナリニは目に涙をため、怒りを込めて大声で言う。「朝早くから始まったパーティが、今終わったの？」

女性はけんかをふっかける際のこうした質問をよくわきまえているし、どんな答えが返ってくるかもよく知っている。しかし今日は、予想外の答が返ってきた。「とても疲れているし、こんなのは……耐えられない」

ナリニは驚いてビピンを見た。耐えられないってどういうこと？　何があったの？　ビピンが再び口を開く。「みんなを愛してる。だから、誰かを傷つけたり、悲しませたりしたくないんだ」そういう彼だからこそ、ナリニはとても尊敬しているのだ。すべての人に愛情を持つ心よりも価値のあるものがあるだろうか。

「何があったの？」

「何もないよ。どうして？」

しかし、ビピンの顔には、不安とどこか落ち着きのない気配が見てとれる。何もないという言葉は信じられない。昨日や今日知り合ったばかりのふたりではない。もう何年もずっと一緒にいるのだ。しかし、ナリニの性格上、それ以上の詮索はしない。その沈黙が、ビピンをさらに落ち着かなくさせる。

「沈黙はある意味、意思表示だ。わたしはプライドを持って生きたい。男だからな」

今度はナリニの心に突きささるような痛みが走る。ビピンはこう言っているようにも聞こえる。「おまえはわたしを自分の好きな所に連れていき、好きなところに立たせるが、すべてに同意するわけではない。わたしは男だ。妻の後ろに立って、妻から、妻を祝福する人たちに紹介されたくない」

ナリニは自分の著作のなかで、人間の心の様々な側面について長々と語ってきた。しかし彼女は、身近な人の気持ちを理解できていなかった。ナリニは気づき始める。自分が受賞できたのは自らの功績によるものではなく、夫の気持ちをないがしろにしてきたことによるものだったのだと。

マニプリ語からの英訳：ボボ・クライジャム

この短編は、マニプリ語で『マイティィバ』というタイトルで、マニプールのホルジェイロイ・クトゥマルップ向けに出版した著者の短編集『エタック・マチャシングギ・ワハン』に著者自身により二〇〇七年に初めて掲載された。

女性の肌

ナタリディタ・ニントゥホンジャム

理屈《サイエンス》で考えれば、
とるに足らないことかも知れないけれど、
そうでなければ世話のやけるもの。

女性の肌は、まず何よりも、
滑らかで、荒れていないこと。
適切な保湿を、膝、肘、足首に、徹底的に。

しみなどあってはならないし、
ほどよい色をしていて、
　細部も温もりに満ちていること。

　女性の肌は、丘のように
なだらかで、シーツの下でも慎み深く、
刺激的な接触には感応して、
つぼみのように情《じょう》が深いこと。
　サテンとレースで飾られるのは
決まった人の目にふれるときだけ。

それでも肌はただ肌でしかなく、女性の肌には
　包丁《ナイフ》の傷跡が
指先に縦横無尽に行交う。
じゃがいもと魚のにおい、
汗や濃厚な麝香《じゃこう》のにおい、

サテンとレースは汚れ、優雅さの高みから落ちる。

肌は肌でしかなく、女性の肌が肌ではないのは
そうあるべきではないところが
毛深かったりでこぼこがあったり
そうあるべきところに
毛がなかったりへこんでいたり。

女性の肌が肌であることによって嫌われるのは
熱烈な視線から隠されるとき、
熱烈な視線にさらされるとき。

女性の肌が唾棄されるのは
神聖さなしに共有されたとき、
女性の肌が引き裂かれるのは
共有が制限されたとき。

女性の肌は生命を贈与するもの
銃弾から身を守る盾、
汚れなき誘惑、
嗜みの第一歩、
　選りすぐりの感傷的な夢
共有された悪夢。

この詩は、二〇一八年に英語で書かれ、'CRAFTING THE WORD - Writings from Manipur-' Zubaan Publishers Pvt. Ltd 2019 で初めて発表された。

インド北東部、記憶と記録

笹川平和財団　中村　唯

六年ほど前、インド北東部の一州であるアッサム州から歴史学の先生を東京へお招きしたことがあった。夕食会の後、彼は一つお願いがあるのですが、と一枚のメモを取り出した。「梅干し、綿アメ、海苔、キャラメル、まんじゅう、タラコ、佃煮……」。目を丸くする私に、「妻は『窓際のトットちゃん』の大ファンで、そこに登場する食べ物を買ってきて欲しいと頼まれたのです」。聞けば、アッサム語翻訳が現地で広く親しまれているという。本のある暮らしの豊かさ、そして、『トットちゃん』を片手に、見たことも聞いたこともないお菓子や料理を空想している、まだ会ったことのない彼女のことがとても愛おしくなった。

インド北東部という地域を旅し始めてから間もなく、そこでは、文学、詩、口承伝承をはじめとする物語の数々が、人々の間でとても愛され、大切にされていることに気がついた。それは、時には音楽にのせて、時には囲炉裏を囲んで伝えられる昔話として、また、時にはそれが劇や踊り、また映画といった芸術に昇華され、あちこちできらめいていた。私が長らく聞いていた「インド北東部は、紛争地で治安が悪く、インドの中でもインフラが整わない低開発の地域」という話と、どうしてもかみ合わなかった。ただ、そのような不条理や偏見に対する人々のふつふつとした怒りや不満が、彼らが語る言葉に独特の力を与えていた。

この出版プロジェクトは、当財団の「インド北東部の記憶と記録」、そして「北東インドとアジアの記録と記録」という、二〇一九年から二〇二三年の間に実施された二つの事業を通じて取り組んだ成果の一つだ。ミャンマー、バングラデシュ、ブータン、中国に囲まれたインド北東部は、日本から地理的に近く、また、先の大戦の激戦地であるインパール作戦を筆頭に、歴史的にも地政学的にも非常に重要な地域でありながら、正直これまでほとんど知られていない地域だった。そして、本書の序文に記されているように、この地域は、インドの中でも、長年周縁化され、また抑圧されてきた。出版は、そのような地域の人々の実像を届けようと企画された。最初は、しばしばインド北東部の人々が「インド本土」とよぶ、インドの他の地域の人々を主な対象にしていたが、時を経るうちに、日本の読者にもぜひこの作品を届けたいと思うに至った。プロジェクト名に「記録と記録」とあるのは、インド北東部の多文化、多言語の世界が、グローバル化やインドの急速な経済成長、国家統合の過程で存続の危機に瀕していることを示唆したものだ。この豊かで多様な世界を後世に残していきたいという思いを込めて、このプロジェクトでは、出版だけでなく、若手研究者・作家の育成や、視聴覚アーカイブの設立も行っている。

本書はフェミニズム文学でもある。インド北東部では、物語の語り手をしばしば女性が担っている。ただ、それ以上に、「周縁地域」の真実を届けるのであれば、各州の地域紹介や、民族の輝かしい伝統や英雄の物語ではなく、その権力構造の中でもなかなか聞こえてこない声を届けたいと私は思っていた。政治的・経済的な場での活躍が限られている人々、つまり女性やマイノリティにとって、しばしば、フィクションは唯一の自由な表現の場となる。そして、その声は、同じ境遇にある人々に届き、それはやがて静かにうねりとなって、人々の価値観や先入観を知らないうちに内から変えてしまう。多様性と分断の間を揺れ動く今の世界で、長年その状況にあったインド北東部の女性たちの言葉にはそのような力が備わっているると確信していた。

そうはいっても、どの女性の声を選ぶかは容易ではない。また選択にも常に「権力」が伴う。幸運にも、ズバーン出版をパートナーに選んだことで、それは杞憂に終わった。主宰者のウルワシ・ブタリア氏は、世界的ベストセラーになった『沈黙の向こう側』（明石書店刊）

の著者で、一九四七年に起こったインド・パキスタンの分離独立の過程で女性たちが体験した壮絶な暴力や半生について、十数年かけて声なき声を丁寧に拾い、伝えた人物である。彼女やズバーンのスタッフは、インド北東部の有名作家を並べるだけでなく、当事者の尊厳を最大限にリスペクトし、地元出身の編集者と共に、若手や少数言語や方言で書かれた作品も発掘した。その果てしないプロセスそのものもひとつの物語だといえる。これまで、ズバーン社と当財団が共に出版した作品は九冊に上る（そしてまだ続く）。そのいくつかはインド各地の大学で教科書に採用され、また、インドの他の言語での翻訳も始まっていることは嬉しい限りである。ズバーンが「平和の香り（Fragrance of Peace）」と名付けてくれた共同プロジェクトは、様々な場所でその可憐な花を咲かそうとしている。

本書の刊行は、多くの方々の協力なしでは成し遂げられなかった。この出版プロジェクトに賛同し実現のために尽力して下さったトランネット社の近谷浩二さん、訳者の門脇智子さん、安藤五月さん、中野眞由美さん、トランネット社を紹介して下さった独立行政法人国際交流基金の佐藤幸治さん、石丸葵さん、素敵な装丁をして下さったアルビレオの草苅睦子さん、そして国書刊行会の田中聡一郎さんに心からお礼申し上げたい。

編者

ウルワシ・ブタリア
Urvashi Butalia
編集者。デリー大学で英文学、ロンドン大学で南アジア研究の修士号を取得。英セイジ社に編集者として勤務した後、インドに帰国。1975年世界女性年や1977年のインドの民主化運動で女性運動に関わり、1983年にインド初のフェミニスト出版社、カーリー出版を設立。現在、インドを代表する女性知識人として国内外で知られる。デリー大学など複数の大学で教鞭を執るほか、講演やメディアで活動を続けている。著書『沈黙の向こう側』（1998年、邦訳は明石書店 2002年）が多数の言語に翻訳され各国の賞を受賞。2011年、インドの国民名誉賞であるパドマ・シュリー賞を受賞した。

アヌングラ・ゾー・ロングクメール（ナガランド州からの文学作品）
Anungla Zoe Longkumer
作家、音楽家、映画作家、民俗文化の積極的な伝承者として知られる。人生のほとんどをナガランドの外で過ごした後、ナガランド州ディマプールを拠点に活動。著書に、6つの部族の民話、民謡、生活を集めた『東ナガランドのフォークロア』（2017）がある。

ママング・ダイ（アルナチャル・プラデーシュ州からの文学作品）
Mamang Dai
詩人、作家。元ジャーナリスト。東ヒマラヤ生物多様性集中地域プログラムで世界自然保護基金と協力。初の著作『アルナチャル・プラデーシュ　隠された土地』で同州のベリエ・エルウィン賞を受賞。現在、アルナチャル・プラデーシュ州イタナガル在住。

フミンタンズアリ・チャクチュアク（ミゾラム州からの文学作品）
Hmingthanzuali Chhakchhuak
ハイデラバード大学卒。ミゾラム大学で10年以上にわたり、ジェンダー史と中世インドおよびヨーロッパ史を教える。インド北東部の女性の歴史に関する多くの論文を国内外で発表。

メアリー・タンプイ（ミゾラム州からの文学作品）
Mary Thanpuii
北東インド研究プロジェクト（2017–2021）コルカタ・アジア協会研究員。コルカタ・ロレトカレッジ元非常勤講師。カルカッタ大学女性学研究センターで博士号取得。関心分野は、教会における女性の政治的役割、暴動、女性運動など。インド国内外で論文を発表。

シングナム・アンジュリカ・サモム（マニプール州からの文学作品）
Thingnam Anjulika Samom
ジャーナリスト、作家、詩人、翻訳者。マニプール州インパールを拠点に活動する。同州のジェンダー、紛争、開発問題に関する論文多数。ジェンダー・センシビリティが評価され、ラードリ・メディア賞を受賞したほか、マニプリ語文学作品の英訳によりカタ翻訳賞を受賞。

*

著者（ナガランド州からの文学作品）

エミセンラ・ジャミール
Eminsenla Jamir
詩人。作家。ナガランド州コヒマ出身。女性による詩を集めたアンソロジーにも作品が収録されている。コヒマカレッジ助教授として英語を教える。

イースタリン・キレ
Easterine Kire
詩人、小説家、児童文学作家。ナガランドの主要な作家の１人で、多くの受賞作がある。最初の小説は英語で書かれた最初のナガ小説となった。作品は、ドイツ語、ノルウェー語などに翻訳されている。

テムスラ・アオ
Temsula Ao
作家、詩人。1988年に最初の詩集を出版。５冊の詩集があるほか、フィクション、ノンフィクション作品がある。ナガランドの主要な作家の１人。2022年死去。

ニケヒェニュオ・メフォ
Neikehienuo Mepfhuo
コヒマ出身。比較文学博士。コヒマカレッジで英語を教える。

アヴィニュオ・キレ
Avinuo Kire
コヒマ出身。作家、教師。文芸雑誌や雑誌に寄稿。作品は物語のアンソロジーや詩集などに収録されている。現在、コヒマカレッジで英語の助教授を務める。

ナロラ・チャンキジャ
Narola Changkija
クイーンズランド州グリフィス大学でクリエイティブライティングを教える。関心分野は、グラフィックノベルのストーリーテリング形式、ナガ族の民間伝承と物語。

*

著者（アルナチャル・プラデーシュ州からの文学作品）

ネリー・N・マンプーン
Nellie N. Manpoong
「アルナチャル・タイムズ」のジャーナリストとして数多くの賞を受賞。アルナチャル・プラデーシュ州のジャーナリスト労働連合でジェンダー評議会を主催。

レキ・スンゴン
Leki Thungon
マギル大学で人類学博士号取得中。デリー大学レディ・シュリラムカレッジ、デリーのアンベドカル大学で社会学の助教授を務めた。文学、社会学、社会人類学の立場から、ジェンダー、正義、記憶、暴力に向き合う。

スビ・タバ
Subi Taba
詩人、作家。1989年生まれ。ニシ族出身。2018年の初詩集により100インスパイアリング・オーザーズ・オブ・インディア賞受賞。さまざまなフェスティバルで詩を朗読。趣味は映画、料理、森の中をさまようこと、小さな妹と無駄な時間を過ごすこと。

ミロ・アンカ
Millo Ankha
作家、写真家。離散民族の子孫として郷土の風景を記録する。仕事以外にすることは長い散歩。執筆よりピクニックを好む。元歯科医。

ポヌン・エリン・アング
Ponung Ering Angu
パシガット生まれ。これまでに４冊の本を自費出版。チャンディガルのパンジャブ大学で大学院の学位を取得。アルナチャル・プラデーシュ州政府による「女性と子どもの発達」担当部門の共同ディレクターを務める。

＊

著者（ミゾラム州からの文学作品）

バビー・レミ
Babie Remi
教師。読書、執筆、ガーデニング、スケッチ、旅行を愛する12歳の子供の母。

シンディ・ゾタンプイ・トゥラウ
Cindy Zothanpuii Tlau
デリーのジャワハルラルネルー大学で視覚学を研究。写真、音楽、執筆について学ぶ。関心分野は、ビジュアル・アイデンティティ、テキスタイルの歴史、とくに北東インドに焦点を当てたジェンダー関連問題。

＊

著者（マニプール州からの文学作品）

チョンタム・ジャミニ・デヴィ
Chongtham Jamini Devi
作家、教育者。マニプリ語、英語、ヒンディー語で執筆。旅行記、短編小説、詩、散文など20冊以上の著作がある。マニプール州女性委員会の初代委員長。受賞作多数。

ハオバム・サティヤバティ
Haobam Satyabati
作家、教育者。短編小説集が賞を受賞したほか、インド国営公共ラジオ放送局で放送されたラジオドラマの台本を執筆している。

ネプラム・マヤ
Nepram Maya
作家。マニプリ文学を教える。短編小説集２冊と旅行記１冊の３冊の著作がある。いくつかの賞を受賞。

ニンゴンバム・サティヤバティ
Ningombam Satyabati
詩人、小説家。詩集や短編小説、児童書などの著作により数多くの賞を受賞。マニプール政府の社会福祉局で児童発達プロジェクト担当官を務める。

スニータ・ニンゴンバム
Sunita Ningombam
作家、教師。これまでに２つの短編小説集を出版。2001年に初めての著作で賞を受賞。

グルアリバム・ガナプリヤ
Guruaribam Ghanapriya
作家、弁護士、舞踏家。現在、インパール情報放送省の地域アウトリーチ局でシニアスタッフ・アーティストとして働く。短編小説デビュー作で賞を受賞。

ニンゴンバム・スルマ
Ningombam Surma
作家、教師。２冊の著作がある。2009年、インド国立文学アカデミーの賞を受賞。マニプール州カクチン地区のカクチン・クノウ・カレッジで教える。

ナタリディタ・ニントゥホンジャム
Natalidita Ningthoukhongjam
詩人。執筆は主に英語。インパールを拠点に活動。飛び入り可能のオープンマイク・セッションで定期的に詩を朗読する。

*

木村真希子（きむら・まきこ、「知られざるインド北東部の素顔」）
津田塾大学学芸学部多文化・国際協力学科教授。インド北東部における民族運動の行方、民族紛争と弱者による抵抗運動の在り方などを研究。著書『終わりなき暴力とエスニック紛争 インド北東部の国内避難民』（慶應義塾大学出版会）、共訳書『血と涙のナガランド 語ることを許されなかった民族の物語』（コモンズ）など多数。

*

中村 唯（なかむら・ゆい、日本語版監修）
笹川平和財団アジア・イスラム事業グループ主任研究員。タイの新聞社、国際交流基金バンコク日本文化センター勤務などを得て、財団、シンクタンク、国際協力機構（JICA）にて、南アジアの地域開発や人材育成に関わり、2015年９月から現職。インパール平和資料館、インド北東部視聴覚アーカイブの設立など、インド北東部を中心にインド事業を担当。タイ国立カセサート大学、英サセックス大学開発所修了。「終戦記念日 特別寄稿 インパール作戦 前編・後編」（講談社『クーリエ・ジャポン』）のほか、インドの社会起業家、ジェンダーや女性支援に関するエッセイや論文など多数。

*

訳者

門脇智子（かどわき・ともこ、ナガランド州からの文学作品）
大学卒業後、企業勤務を経て翻訳者に。関心領域は、英国旧植民地の英語文学など。

ナガの口承文芸の伝統と、教会の歌と共にある暮らしをうかがわせる、リズムのよい歌詞のような文章が印象的でした。重いテーマの作品が多いですが、どの書き手の中にも英語で書く、表現する喜びがあることが想像できます。書くことと読むことを通じてつながる女性たちの連帯の輪を広げる一助になればうれしく思います。

*

安藤五月（あんどう・さつき、アルナチャル・プラデーシュ州からの文学作品）
北海道札幌市出身。フリーランスで、ゲームのローカライズなどを中心に英日翻訳に従事。

どの作品も、著者の女性たちの「伝えたい」という強い思いが随所に込められている点が印象的でした。現地の言葉や文化を正確に把握するのみならず、登場人物の発言の意図や行間に漂う情緒を日本語で再現するのは大変な作業でした。インド北東部の文学という、きっかけがなければ存在すら知らずにいた作品の数々に出会えたことを幸運に思います。

*

中野眞由美（なかの・まゆみ、ミゾラム州およびマニプール州からの文学作品）
翻訳家。大阪府在住。訳書に『呼び出された男』（共訳、早川書房）『12週間の使い方』（パンローリング）『THIS IS MARKETING　市場を動かす』（あさ出版）『あかちゃんいまどのくらい？』（潮出版社）『ちいさなメイベルのおおきなゆめ』（潮出版社）など。

ミゾラムではイギリス人が文字を教え、社会制度を整えたためか、どちらの作品も進歩的な印象を受けました。一方、日本より歴史が長いマニプール州の作品はマニプール語で書かれ、自分たちのルーツや誇りを伝える作品が多いと感じました。インド北東部のことを伝える貴重な文学作品の翻訳にたずさわれて、非常に光栄です。

The Sasakawa Peace Foundation

zubaan

本書は公益財団法人笹川平和財団の支援を受けたものである。

そして私《わたし》たちの物語《ものがたり》は世界《せかい》の物語《ものがたり》の一部《いちぶ》となる
　インド北東部女性作家アンソロジー

編者　ウルワシ・ブタリア
日本語版監修　中村　唯
翻訳協力　株式会社トランネット

2023年5月25日　初版第1刷　発行
ISBN　978-4-336-07441-6

発行者　佐藤今朝夫
発行所　株式会社国書刊行会
〒174-0056　東京都板橋区志村1-13-15
TEL　03-5970-7421
FAX　03-5970-7427
HP　https://www.kokusho.co.jp
Mail　info@kokusho.co.jp

印刷所　創栄図書印刷株式会社
製本所　株式会社難波製本